中华烹饪古籍经典藏书

陆游饮食诗选

[南宋] 陆游 撰

中国商业出版社

图书在版编目（CIP）数据

陆游饮食诗选 /（南宋）陆游撰 . —北京：中国商业出版社，2021.12
ISBN 978-7-5208-1552-9

Ⅰ.①陆… Ⅱ.①陆… Ⅲ.①宋诗—诗集 Ⅳ.① I214.422

中国版本图书馆 CIP 数据核字（2020）第 259515 号

责任编辑：刘树林

中国商业出版社出版发行
010-63180647 www.c-cbook.com
（100053 北京广安门内报国寺 1 号）
新华书店经销
唐山嘉德印刷有限公司印刷

＊

710 毫米 ×1000 毫米　16 开　16 印张　140 千字
2021 年 12 月第 1 版　2021 年 12 月第 1 次印刷
定价：69.00 元

＊＊＊＊

（如有印装质量问题可更换）

《中华烹饪古籍经典藏书》指导委员会

（排名不分先后）

名誉主任

姜俊贤　魏稳虎

主　任

张新壮

副主任

冯恩援　黄维兵　周晓燕　杨铭铎　许菊云

高炳义　李士靖　邱庞同　赵　珩

委　员

姚伟钧　杜　莉　王义均　艾广富　周继祥

赵仁良　王志强　焦明耀　屈　浩　张立华

二　毛

《中华烹饪古籍经典藏书》
编辑委员会
（排名不分先后）

主　任
刘毕林

秘书长
刘万庆

副主任
王者嵩　郑秀生　余梅胜　沈　巍　李　斌　孙玉成

陈　庆　朱永松　李　冬　刘义春　麻剑平　王万友

孙华盛　林风和　陈江凤　孙正林　杜　辉　关　鑫

褚宏辚　滕　耘

委 员

林百浚	闫 囡	张可心	尹亲林	彭正康	兰明路
胡 洁	孟连军	马震建	熊望斌	王云璋	梁永军
唐 松	于德江	陈 明	张陆占	张 文	王少刚
杨朝辉	赵家旺	史国旗	向正林	王国政	陈 光
邓振鸿	刘 星	邸春生	谭学文	王 程	李 宇
李金辉	范玖炘	孙 磊	高 明	刘 龙	吕振宁
孔德龙	吴 疆	张 虎	牛楚轩	寇卫华	刘彧彧
王 位	吴 超	侯 涛	赵海军	刘晓燕	孟凡宇
佟 彤	皮玉明	高 岩	毕 龙	任 刚	林 清
刘忠丽	刘洪生	赵 林	曹 勇	田张鹏	阴 彬
马东宏	张富岩	王利民	寇卫忠	王月强	俞晓华
张 慧	刘清海	李欣新	王东杰	渠永涛	蔡元斌
刘业福	杨英勋	王德朋	王中伟	王延龙	孙家涛
张万忠	种 俊	李晓明	金成稳	马 睿	乔 博

《陆游饮食诗选》
编辑委员会

主 任

刘万庆

注 释

孔祥贤　刘万庆

译 文

孔祥贤　刘万庆

编 委

辛　鑫

《中国烹饪古籍丛刊》出版说明

国务院一九八一年十二月十日发出的《关于恢复古籍整理出版规划小组的通知》中指出：古籍整理出版工作"对中华民族文化的继承和发扬，对青年进行传统文化教育，有极大的重要性"。根据这一精神，我们着手整理出版这部丛刊。

我国的烹饪技术，是一份至为珍贵的文化遗产。历代古籍中有大量饮食烹饪方面的著述，春秋战国以来，有名的食单、食谱、食经、食疗经方、饮食史录、饮食掌故等著述不下百种；散见于各种丛书、类书及名家诗文集的材料，更加不胜枚举。为此，发掘、整理、取其精华，运用现代科学加以总结提高，使之更好地为人民生活服务，是很有意义的。

为了方便读者阅读，我们对原书加了一些注释，并把部分文言文译成现代汉语。这些古籍难免杂有不符合现代科学的东西，但是为尽量保持其原貌原意，译注时基本上未加改动；有的地方作了必要的说明。希望读者本着"取其精华，去其糟粕"的精神用以参考。编者水平有限，错误之处，请读者随时指正，以便修订。

中国商业出版社
1982 年 3 月

出版说明

20世纪80年代初，我社根据国务院《关于恢复古籍整理出版规划小组的通知》精神，组织了当时全国优秀的专家学者，整理出版了《中国烹饪古籍丛刊》。这一丛刊出版工作陆续进行了12年，先后整理、出版了36册，包括一本《中国烹饪文献提要》。这一丛刊奠定了我社中华烹饪古籍出版工作的基础，为烹饪古籍出版解决了工作思路、选题范围、内容标准等一系列根本问题。但是囿于当时条件所限，从纸张、版式、体例上都有很大的改善余地。

党的十九大明确提出："要坚定文化自信，推动社会主义文化繁荣兴盛。推动文化事业和文化产业发展。"中华烹饪文化作为中华优秀传统文化的重要组成部分必须大力加以弘扬和发展。我社作为文化的传播者，就应当坚决响应国家的号召，就应当以传播中华烹饪传统文化为己任，高举起文化自信的大旗。因此，我社经过慎重研究，准备重新系统、全面地梳理中华烹饪古籍，将已经发现的150余种烹饪古籍分40册予以出版，即《中华烹饪古籍经典藏书》。

此套书有所创新，在体例上符合各类读者阅读，除根据前版重新标点、注释之外，增添了白话翻译，增加了厨界大师、名师点评，增设了"烹坛新语林"，附录各类中国烹饪文化爱好者的心得、见解。对古籍中与烹饪文化关系不十分紧密或可作为另一专业研究的内容，例如制酒、饮茶、药方等进行了调整。古籍由于年代久远，难免有一些不符合现代饮食科学的内容，但是，为最大限度地保持原貌，我们未做改动，希望读者在阅读过程中能够"取其精华、去其糟粕"，加以辨别、区分。

我国的烹饪技术，是一份至为珍贵的文化遗产。历代古籍中留下大量有关饮食、烹饪方面的著述，春秋战国以来，有名的食单、食谱、食经、食疗经方、饮食史录、饮食掌故等著述屡不绝书，散见于诗文之中的材料更是不胜枚举。由于编者水平所限，难免有错讹之处，欢迎大家批评、指正，以便我们在今后的出版工作中加以修订。

中国商业出版社
2019 年 9 月

本书简介

陆游（公元1125—1210年），字务观，号放翁，还有玉峰老人等很多的别号。陆游是山阴（今浙江绍兴）人，自称是唐名臣陆贽（住苏州）之后，于唐末迁浙。祖陆佃、父陆宰，都有学问，出仕北宋，正直爱国，对他的影响很大。

陆游生于国难深重的年代，他虽然才华横溢，但因力主抗战，不为权贵所容，始终未能实现报国杀敌之志，因而寄情于诗，是我国著名的爱国诗人。

陆游也是中国文学史上作诗最多（几万首）和存诗最多（九千多首）的一位诗人，历来的选诗家一般都不选他的饮食诗，评诗家也不评他的饮食诗，一般读者又难觅《剑南诗稿》全集，也没有工夫去阅读，因而他的关于饮食的诗鲜为人知。故我们整理、摘录了《剑南诗稿》中的关于饮食方面全部的诗（本书为《剑南诗稿》的部分内容，并按实际卷名摘录，导致书中出现卷名不连续的现象）。

陆游的饮食诗是一份宝贵的饮食史料，从中我们可以知道：（1）当时的食品种类和各种名产；

（2）一些食品古称在当时的含义；（3）当时食品生产的制作水平；（4）当时的饮食方法和习惯；（5）当时不同阶层的饮食水平；（6）当时的调味品；（7）当时的食具；（8）当时的若干烹调法；（9）当时的饮食观。

陆游的饮食诗不仅仅是单纯的饮食记录，它还具有很好的史料价值：（1）反映出当时的政治、军事、经济、文化等情况；（2）反映出陆游的家世、经历、思想及活动等情况。此外，它的文学价值也是不可忽视的。

本书是根据中华书局1976年版《陆游集》中的《剑南诗稿》而选的。选诗的原则是：（1）必须是有饮食史料价值的；（2）如有雷同，则选其中价值较大的；（3）照顾到各个历史阶段。据此原则力求使这个选注本既有饮食史料的系统性，又有陆游生平的系统性。

中国商业出版社

2021年9月

目 录

卷一 ·· 001

买鱼 ··· 001

晨起偶题 ·· 002

秋夜读书,每以二鼓尽为节 ·· 004

醉中歌 ··· 005

统分稻晚归 ··· 009

卷二 ·· 012

旅食 ··· 012

过夷陵,适值祈雪,与叶使君清饮,谈括苍旧游,既行,
舟中雪作,戏成长句,奉寄 ··· 013

西斋雨后 ·· 015

林亭书事 ·· 017

秋晴欲出城,以事不果 ·· 020

卷三 ·· 024

道中累日不肉食,至西县,市中得羊,因小酌 ························ 024

书事 ··· 026

栈路书事 ·· 027

过武连县北柳池安国院，煮泉试"日铸""顾渚"茶
　　院有二泉，皆甘寒。传云："唐僖宗幸蜀，在道不豫，
　　至此饮泉而愈，赐名'报国灵泉'" ·················· 029
　　即事 ··· 032
　　东山 ··· 033

卷四 ·· 037

　　同何元立、蔡肩吾至东丁院，汲泉煮茶 ·············· 037
　　蜀酒歌 ··· 038
　　冬日 ··· 041
　　题龙鹤菜帖 ······································· 043

卷五 ·· 046

　　苦笋 ··· 046
　　小宴 ··· 047
　　野饭 ··· 048
　　病酒新愈，独卧苹风阁戏书 ························· 051
　　九日试雾中僧所赠茶 ······························· 053
　　夜食炒栗有感 ····································· 054

卷六 ·· 056

　　宿彭山县通津驿，大风，邻园多乔木，终夜有声 ······· 056
　　城上 ··· 059
　　喜雨 ··· 061

试茶……063

成都书事……064

自警……065

卷七 068

食荠……068

野意……070

寺楼月夜醉中戏作……071

饭罢碾茶戏书……072

卷八 074

寺居睡觉……074

小憩长生观饭已遂行……075

卷九 078

饭罢戏作……078

记梦……080

卷十 082

归州重五……082

南烹……083

归云门……084

比作陈下瓜曲,酿成奇绝,属病疡,不敢取醉,小啜而已…085

卷十一 087

建安雪 087
思故山 088
建州绝无芥，意颇思之，戏作 090

卷十二 092

感旧绝句 092
观蔬圃 093

卷十三 095

十一月上七日义饭骡岭小店 095
霜天晚兴 097
幽居 098
食荠十韵 099
蔬园杂咏 101

卷十五 105

病中忽有眉山士人史君见过，欣然接之，口占绝句 105

卷十六 107

薏苡 107
舟中晓赋 109
巢菜 111
偶得北虏金泉酒，小酌 112

岁暮……………………………………………………113
　　幽居戏咏……………………………………………114

卷十七……………………………………………………117
　　冬夜与溥庵主说川食戏作…………………………117
　　六峰项里看采杨梅，连日留山中…………………119
　　丰年行………………………………………………120
　　偶得海错侑酒，戏作………………………………122
　　咸齑十韵……………………………………………124

卷十八……………………………………………………127
　　小酌…………………………………………………127
　　病中偶得名酒，小醉，作此篇，是夕极寒………128

卷十九……………………………………………………130
　　荞麦初熟，刈者满野，喜而有作…………………130
　　屡雪，二麦可望，喜而作歌………………………132

卷二十……………………………………………………136
　　七月十日到故山，削瓜瀹茗，翛然自适…………136

卷二十一…………………………………………………138
　　出省…………………………………………………138
　　邻曲有未饭被追入郭者，悯然有作………………139

寓叹 …………………………………………………… 140

卷二十二 …………………………………………………… 143
甜羹 …………………………………………………… 143
小雨云门溪上 …………………………………………… 144
村居初夏 ………………………………………………… 145

卷二十三 …………………………………………………… 148
思蜀 …………………………………………………… 148

卷二十四 …………………………………………………… 150
蔬食戏书 ………………………………………………… 150

卷二十五 …………………………………………………… 152
秋日郊居 ………………………………………………… 152
壬子九日登山小酌 ……………………………………… 153
初冬 …………………………………………………… 155

卷二十七 …………………………………………………… 157
戏咏山阴风物 …………………………………………… 157
闲居对食书愧 …………………………………………… 158

卷二十九 …………………………………………………… 162
陈少监饷澄清堂酒 ……………………………………… 162

卷三十一 ··· 163
    偶得长鱼巨蟹，命酒小饮，盖久无此举也 ············· 163
    霜夜 ··· 164
    杂咏园中果子 ·· 166
    效蜀人煎茶，戏作长句 ·· 168

卷三十二 ··· 170
    初夏 ··· 170
    山园屡种杨梅，皆不成，枇杷一株独结实可爱，戏作
    长句 ··· 172

卷三十六 ··· 174
    初夏 ··· 174
    村居 ··· 175
    朝饥，食齑面甚美，戏作 ····································· 176

卷三十七 ··· 178
    新凉 ··· 178
    小饮 ··· 179

卷三十八 ··· 181
    戏咏山家食品 ·· 181
    岁首书事 ·· 182

卷三十九 ······186
村舍杂书 ······186

卷四十 ······189
村邻会饮 ······189

卷四十二 ······192
村兴 ······192
饭罢戏示邻曲 ······193

卷四十四 ······194
戏咏乡里食物示邻曲 ······194

卷四十七 ······197
对食戏咏 ······197

卷四十八 ······199
自适 ······199

卷五十一 ······200
对食戏作 ······200
入都 ······201

卷五十三 ·················203
初归杂咏·················203

卷五十六 ·················205
邻曲·················205

卷五十七 ·················206
初夏·················206

卷五十九 ·················208
菜羹·················208

卷六十 ·················210
与村邻聚饮·················210

卷六十三 ·················213
对酒·················213

卷六十五 ·················216
晨起·················216

卷六十七 ·················217
素饭·················217

卷六十九 ... 219
食野味包子，戏作 ... 219

卷七十 ... 220
禹祠 ... 220

卷七十二 ... 222
山庖 ... 222

卷七十四 ... 223
食荠糁甚美，盖蜀人所谓"东坡羹"也 ... 223

卷七十六 ... 224
纵笔 ... 224

卷七十八 ... 225
仲秋书事 ... 225

卷八十二 ... 227
埭西小聚 ... 227
种菜 ... 228

卷八十四 ... 231
病中遣怀 ... 231

卷一

买鱼

卧沙细肋①何由得,出水纤鳞②却易求。
一夏与僧同粥饭,朝来破戒③醉新秋。

又

两京④春荠论斤卖,江上鲈鱼不直⑤钱,
斫⑥脍⑦捣齑⑧香满屋,雨窗唤起醉中眠。

【按】陆游在宋高宗绍兴三十年庚辰(公元1160年)三十六岁时离福州决曹任北归,五月到临安。次年初夏,罢归山阴,有《出都》诗"重入修门甫岁余,又携琴剑返江湖"之句可证。这首《买鱼》诗就是在这年初秋所作,以青

---

① 卧沙细肋:指鸡。三国时,曹操征伐刘备,攻汉中,久战不胜。有人来请示用什么口令,曹操正在吃饭,即说:"鸡肋。"谋士杨修听到此口令便整顿行装,众将问他为什么,他说:"鸡肋,食之无味,弃之可惜,丞相下此口令,有退兵之意。"卧沙,鸡喜欢扒沙擦身。细,瘦。

② 纤鳞:细鳞,这里指鲈鱼。

③ 戒:和尚有八戒,即不杀生、不偷盗、不邪淫、不妄语、不饮酒、不坐高广大床、不着华鬘(mán,美好的头发)璎(yīng)珞(luò,贵重的项珠)、不习歌舞伎乐。陆游饮酒吃鱼,故说破戒。

④ 两京:宋以东京开封府、西京河南府(洛阳)为两京。陆游是南宋人,这时两京早已沦陷,所以这里实际上是指南宋的首都临安(杭州)。

⑤ 直:同"值"。

⑥ 斫(zhuó):用刀砍。

⑦ 脍(kuài):细切的肉。

⑧ 齑(jī):捣碎的蔬菜或捣烂的果泥。这里指捣烂的橙泥(酱)。

年而"与僧同粥饭",表达了无可奈何的境遇,同时也描写了鱼米之乡的生活。

【译】

躺在沙上的瘦鸡买不起,无可奈何。

新鲜的鲈鱼正好上市,街上有很多。

整个夏天都同和尚一道,吃的是素。

在新秋季节今朝破戒,喝得醉乎乎。

又

京城里春天的荠菜是论斤卖的。

江上秋天的鲈鱼也多得不值钱。

切鱼肉、捣橙泥,香气满屋。

喝醉了又被喊醒,窗外是秋雨绵绵。

晨起偶题

城远不闻长短更①,上方②钟鼓自分明。

幽居③不负秋来睡,末路④偏谙⑤世上情。

---

① 更:古时把一夜分为"五更",城里有专职的"更夫",肩扛竹梆,手提铜锣,走街串巷,打梆敲锣,叫"报更",梆声短促而锣声长。

② 上方:天上。古时,在大城市里还没有钟鼓楼,按时撞钟击鼓以报时。天上当然没有钟鼓,这里是说天色的变化如同钟鼓一样在报时。

③ 幽居:住在乡村。

④ 末路:这里是指罢官闲居。

⑤ 谙(ān):熟悉。

大事①岂堪重破坏，穷人难与共功名②。

风炉③歙钵④生涯⑤在，且试新寒⑥芋⑦糁⑧羹。

【按】陆游这首七律是在《买鱼》诗之后不久写的，表达了自己罢职乡居、报国无门的苦闷，对投降派破坏抗金大业的愤慨，指出人民有抗金的力量。同时，也描述了乡村吃早餐的情景。

【译】

这里离城很远，听不到打更，

天上虽无钟鼓，天色却是分明。

我住在乡间，秋天能得到好睡；

虽罢官闲居，却熟悉世途人情。

抗金大事，岂容再重新破坏，

穷苦人民，难道就不能一同建功扬名！

可叹啊！

我的生活只是守着风炉和瓦锅，

---

① 大事：国家大事。这里是指北方少数民族政权金主完颜亮的大举南侵，与南宋政府的抗金战争。

② 功名：指官职。这里指建功扬名。

③ 风炉：一种瓦制的柴炉。

④ 歙（shè）钵（bō）：安徽歙县生产的瓦锅。

⑤ 生涯：生活。

⑥ 新寒：初冷。

⑦ 芋：芋头。

⑧ 糁（sǎn）：米饭粒儿。

在初冷时候试煮一锅芋头粥羹。

秋夜读书，每以二鼓①尽为节②

腐儒③碌碌④叹无奇，独喜遗编⑤不我欺⑥。

白发无情侵老境，青灯⑦有味似儿时。

高梧策策⑧传寒意，叠鼓冬冬迫睡期。

秋夜渐长饥作祟⑨，一杯山药进琼糜⑩。

【按】宋孝宗乾道元年乙酉（公元1165年），陆游四十一岁，由镇江府通判改调隆兴府（江西南昌）通判，七月，自京口（江苏镇江）去南昌。陆游这首七律就是在到南昌以后所作。从诗中，我们可以看到陆游认真读书，刻苦学习，而且对读死书的腐儒持批判态度。我们也看到，陆游注重营养，以山药糜作夜餐，是很理想的。

---

① 二鼓：二更，约为现在21:00—23:00。

② 节：限度。秋天夜里读书，常常以二更结束为限度。

③ 腐儒：不能解决实际问题而死读书的人。

④ 碌碌：忙碌而无作为。

⑤ 遗编：古人所写的遗书。

⑥ 不我欺：古汉语的句法，就是"不欺我"。

⑦ 青灯：旧时的油灯，在油盏中注入植物油，放进几茎灯草，露出油盏的头上可点上火，火焰很暗，青绿色，故称青灯。

⑧ 策策：象声词，风吹动梧桐叶所发出的"哗哗"声。

⑨ 作祟：作怪。祟，鬼怪搞的灾祸。

⑩ 琼糜：美味的粥。陆游大概是把山药切碎了煮的。琼，美玉。糜，粥。

【译】

腐儒读死书虽然忙碌，可叹毫不出奇。

我喜欢读古人的遗书，因为古书不会把我欺。

白发无情地出现，我开始进入老年。

但是灯下读书的味道，犹似儿童之时。

高大的梧桐叶子哗哗响，传来阵阵寒意。

二更的鼓声咚咚，已到入睡之期。

秋夜渐长，饥饿在作怪。

吃一杯煮烂的山药，就好像在吃琼糜。

醉中歌

吾少贫贱真臞①儒，贪食嗜味老不除。

折腰②敛版③日走趋④，归来⑤聊⑥以醉自娱。

---

① 臞（qú）：消瘦。

② 折腰：弯腰。古时，下级官吏参见上级要弯腰。东晋诗人陶潜（渊明）任江西彭泽令，因"不为五斗米折腰"而辞官不做。因此，折腰即指做官。

③ 敛（liǎn）版：抱住朝板，也即做官。敛，收拢。版，即笏（hù），官员上朝时手中所拿的长方形略带弯曲的板（木制或象牙制），俗称朝板。

④ 走趋：拜见上级官员。

⑤ 归来：陶潜辞官回乡，写了一篇著名的《归去来兮辞》。这里虽指回家，但也引用此典。

⑥ 聊：姑且。

长瓶巨榼①罗②杯盂③，不须渔翁劝三闾④。

牛尾膏⑤美如凝酥，猫头⑥轮囷⑦欲专车⑧。

黄雀万里行头颅⑨，白鹅作鲊⑩天下无。

浔阳⑪糖蟹⑫径尺余⑬，吾州⑭之莽⑮尤嘉蔬。

---

① 榼（kē）：古时盛酒器。

② 罗：排列。

③ 盂：比杯大的器皿。

④ 三闾（lǘ）：三闾大夫，即战国时楚国著名的爱国诗人屈原。屈原被放逐，在泽畔遇到渔翁，渔翁问他为什么被放逐，屈原说："众人皆醉我独醒。"渔翁遂劝他可以喝完剩下的酒就不会独醒了。

⑤ 牛尾膏：牛尾切碎煮烂后做成冻。

⑥ 猫头：这不是捕鼠的家猫的头，看来是山猫的头。

⑦ 轮囷（qūn）：圆滚滚的。

⑧ 专车：专门装一辆车子。古代传说，禹杀防风氏，骨头装了一车子。猫头要装一车，这当然是夸张，不过是形容它的大。

⑨ 万里行头颅：三国时，袁绍之子袁熙、袁尚兵败投辽东太守公孙康，因天气严寒，要求铺坐褥，公孙康说"你们两人的头颅将行万里，铺什么坐褥"，就把他们杀了，把头颅送给远在易州的曹操。这里指黄雀是在野外捕猎来的。

⑩ 鲊（zhǎ）：本指腌鱼或糟鱼，这里指腌鹅或糟鹅。

⑪ 浔阳：今江西九江。

⑫ 糖蟹：糖蟹。

⑬ 径尺余：把蟹脚拉直后的直径有一尺多长。

⑭ 吾州：今江西南昌。

⑮ 莽（hàn）：指"辣米菜"。

珍盘饾饤①百味俱，不但项脔②与腹腴③。

悠然④一饱自笑愚，顾为口腹劳形躯。

投劾⑤行矣⑥归园庐⑦，莫厌粝饭⑧尝黄葅⑨。

【按】乾道二年丙戌（公元1166年），陆游四十二岁时被投劾罢官，罪名是发表不同政见，主张对金用兵。三月，离南昌回山阴（浙江绍兴）老家，这首七言古诗是在离开以前作的。在诗中，陆游自比清高的陶潜和爱国的屈原，暗指朝中官僚是一批祸国殃民的浑蛋。但他不采取隐居与其断绝往来的做法，为了抗战，不得不与浑蛋的权贵们周旋，受他们的肮脏气，这是灵活性，但坚持抗战的原则性是不能改变的。然而，投降派还是不放过他，把他撤职了；他说走就走，又不是为了口腹才做官的，粗茶淡饭照样过一生；表明了陆游不肯以原则做交易的态度。

---

① 饾（dòu）饤（dìng）：食品堆砌。

② 项脔（luán）：晋元帝渡江，在建业，公私窘困，每得一猪，群下不敢食，掫（chōu）以进帝，项上一脔尤美，人呼为禁脔。见《晋书·谢混传》。

③ 腹腴（yú）：指鱼腹下肥肉。杜甫诗："偏劝腹腴愧年少，软炊香饭缘老翁。"项脔、腹腴，皆指珍馐。

④ 悠然：自得的样子。

⑤ 投劾（hé）：监察部门对现任官员的控告。

⑥ 行矣：这里指离职。

⑦ 归园庐：回到乡村的家。

⑧ 粝（lì）饭：用粗糙的米煮的饭。

⑨ 黄葅（zū）：发了黄的腌菜（陈腌菜）。葅，腌菜。

在诗中，陆游以相当多的笔墨描述了当时的美食，为后人留下了珍贵的史料。在诗中，陆游用了很多典故，除了陶潜和屈原之外，还有两个典故：一是禹杀防风氏的典故，暗示一旦明君圣主出来，你们这些人要被杀头。把希望寄托于皇帝，这是陆游的历史局限性。二是袁熙、袁尚投降被杀的典故，暗示投降者不会有好下场。把投降派比作猫头与黄雀，表达了陆游恨不能食其肉的悲愤。这首诗表面上写饮食，实际上写政治，是一首隐真诗。陆游之所以要采用隐真的手法：一是为了避祸；二是为了这首诗得以流传；三是为了表达的内容更为丰富与深刻；四是为了字句精练，更富于诗的美。标题"醉中歌"：一是表明这些都是醉后之言，不必当真，其实是"醉后出真言"；二是暗示做官是随众而醉，罢官反倒是醒了。所以，这是一首颇堪玩味的好诗。

【译】

我从小贫贱生得瘦怯，到了老来依旧贪吃。

哈腰抱板拜见上级，回到家里且把酒喝。

长瓶大缸罗列杯盘，不要别人把酒来劝（不要渔翁劝屈原）。

牛尾冻膏凝酥一般，猫头滚圆还要专车。

只只黄雀来自老远，块块腌鹅吃得真欢。

浔阳糟蟹长有尺半，南昌饤菜鲜美可传。

各种美味摆得好看，不仅仅腹腴和项脔。

吃饱之后笑我真笨，为了口腹到处忙奔，

撤职回乡就要东征，粗饭腌菜也过一生。

统①分稻②晚归

出裹③一箪④饭，归收百把禾⑤。

勤劳解⑥堪⑦忍，余暇⑧更吟哦⑨。

岁恶⑩增吾困，家贫赖⑪汝⑫多。

村醪⑬莫辞醉，羹芋⑭学岷峨⑮。

① 统：陆游的长子，即子虡，生于公元1148年，时年二十岁。后于公元1188年出仕，历任寿春主簿、濠州通判，有政声。

② 分稻：看来是与人合作种田，收割后按出力多少而分回稻把，自己打场；若是出租田地，那就是收租，收的是稻子（甚至是米）而不是稻把了。当时，陆游次子子龙年十八岁、三子子修年十七岁、四子子坦年十二岁、五子子约才两岁，都无农业生产经验，故与人合作种田是很可能的。

③ 裹：这里作"装"解。

④ 箪（dān）：竹丝编成的饭筥，有盖、有提把。

⑤ 百把禾：一百捆稻。百，是个约数。不是一把，而是一捆。禾，稻。

⑥ 解：懂得。

⑦ 堪：这里作"应该"解。

⑧ 余暇：空闲。

⑨ 吟哦：读书。

⑩ 岁恶：年成不好，即歉收。岁，年成。

⑪ 赖：依赖。

⑫ 汝：你，即指出去分稻的儿子统。

⑬ 村醪（láo）：农村中酿的酒，即质量很差的酒。醪，浊酒。

⑭ 羹芋：煮芋头粥。羹是名词，这里作动词用。

⑮ 岷峨：岷山、峨眉山在四川，故代指四川。陆游之妻王氏（与唐琬离婚后续娶）是四川人，即统之母。

又

薄酒不自酌，夕阳须汝归。

桔包霜后美，豆荚雨中肥。

路远应加饭，天寒莫减衣。

老怀忧自切，道眼①看皆非。

（原注：是日作芋羹。）

【按】这两首五律是在乾道三年丁亥（公元1167年）秋收时作的，陆游时年四十三岁。那时陆游从南昌罢官回山阴家乡已经一年多了，他在前年镇江府通判任上已经用薪俸在镜湖边盖了一所房子（有十余间草屋），在南昌的任期很短，家庭人口又多，一年多来积蓄已经用完，只好靠种田生活，长子统就成了他家的主要劳动力。

在诗中我们可以看到，陆游教导儿子要勤劳艰苦、自食其力，挑起家庭生活的担子；虽然儿子们已成农民，但陆游仍要他们坚持学习文化，做一个有知识的农民，所以之后他的儿子们有足够的水平担任官职（陆游生了七个儿子，老五早卒，前面四个都先后进入仕途，两个小的始终当农民）。

在诗中还可以看到，尽管家中穷得只能以芋头粥当饭，但父子感情很好，爱子之情跃然纸上。当然，更重要的是，陆游最为关心和忧虑的不是自己的困境，而是国事的日坏。"国家兴亡，匹夫有责"，这就是陆游的伟大之处，而这首

---

① 道眼：学道之眼。陆游学的是孔孟之道。因此，道眼即儒家观点。

诗也就非一般的隐居诗所可比拟的了。

【译】

一早出门带上一只饭箩,
晚上回家收到百捆稻禾。
懂得应该勤劳就要忍受这种辛苦,
劳动之余你更把书来吟哦。
年成不好增加了我的困难,
家里穷啊依赖你的地方很多。
慰劳你一杯村酒不要嫌酒味淡薄,
四川风味的芋头粥已煮得热乎乎。

又

薄酒已经倒好我不肯自己先喝,
太阳即将下山仍在等你归来。
霜后的橘子是多么鲜美,
连同肥嫩的豆荚都已摆上桌台。
来去路很远你要多吃些饭,
天冷不要脱衣预防感冒袭来。
更关心忧虑的是什么老年情怀?
看到的是朝廷处处把国事搞坏了。

卷二

旅食①

霜余汉水浅，野迥②朔③风寒。

炊黍④香浮甑⑤，烹蔬绿映盘。

心安失⑥粗粝，味美出艰难。

惟恨虚⑦捐⑧日，无书得纵观⑨。

【按】这是一首五律。陆游在乾道六年庚寅（公元1170年）入蜀时已经四十六岁。他本来要求到前线杀敌，却命他

---

① 旅食：陆游自南昌罢归，在乡间闲居了五年，除了积蓄和朋友们的接济外，主要靠务农过活。在这期间，政治形势逐渐起了变化。自绍兴三十一年（公元1161年）下半年，宋军在虞允文的指挥下取得了"采石大捷"之后，北方的金国逐渐恢复了元气，金主完颜雍又积极准备南侵，宋孝宗感到威胁，起用抗战派人士，乾道五年己丑（公元1169年）八月，以陈俊卿（陆游的旧友）为左相，虞允文为右相，陆游写信给陈俊卿："敢誓糜捐，以待驱策。"就是说，愿意参加抗战大业，粉身碎骨也在所不辞。是年十二月六日，陆游被任为"左奉义郎差通判夔（kuí）州（四川奉节）军州事"；次年闰五月十八日离乡，自杭州，由运河，经苏州，入长江，溯江而上。这首五律是在即将进入三峡的旅途中作的。

② 野迥（jiǒng）：荒野。迥，远。

③ 朔：北。

④ 黍：黄米，性黏，可酿酒。

⑤ 甑（zèng）：瓦锅。

⑥ 失：这里作"不觉得"解。

⑦ 虚：空，不实在。

⑧ 捐：糜捐，指"捐躯杀敌"。陆游本来上书请求"糜捐"，但现在却到夔州做官，不要他捐躯，所以称为"虚捐"，即空有捐躯之名而无其实。

⑨ 纵观：从头看到尾。

到夔州做官,他认为自己说了空话,不免感到失望。陆游这次入蜀,携带家属大小十口,当时交通困难,从山阴到夔州要走半年,也只能如此。在旅途中,他正可欣赏山川景色或与家人闲聊,但他却遗憾没有书看,可见他对学习的重视。从诗中,我们也可以看到当时长江两岸荒凉、穷困的景象。

【译】

霜秋水道很浅,荒野北风真寒。

煮黄米香透瓦锅,烧菜绿色耀盘。

心安不觉粗糙,味美因经艰难。

只恨空谈捐躯日,没有书籍可阅览。

过夷陵①,适值祈雪②,与叶使君③清饮④,谈括苍⑤旧游,既行,舟中雪作,戏成长句,奉寄

巴楚夷陵酒最醇⑥,使君风味更清真。

---

① 夷陵:当时县治在宜昌西北石鼻山。
② 祈雪:向老天求下雪。祈,祈祷。
③ 叶使君:大概是叶黯(晦叔),处州(今浙江丽水)人,使君,这里指夷陵县官。
④ 清饮:喝素酒。
⑤ 括苍:括苍山,在浙江。
⑥ 醇:酒味厚。

少年①恨不从豪饮②,薄宦③那知托④近邻⑤。

本拟笙歌娱病客,却催雨雪恼行人⑥。

朝来冻手题诗寄,莫笑欹⑦斜字不匀。

【按】这首七律是在夷陵江上船中所作,此去离夔州已经不远了。从中可以看到当地的风俗、气候、民情,也可以看到他与叶使君友谊的深厚、旧友重逢的喜悦。陆游说的风趣话实际上是对老友的委婉批评,不是批评他招待太简慢,而是批评他不该搞祈雪的迷信活动。

【译】

川鄂一带以夷陵酒最为厚醇,

县太爷家的酒风味更加清真。

少年时恨不同您一起豪饮,

哪知到夔州做小官却与您成为近邻。

---

① 少年:陆游与叶黯是少年时的要好朋友,绍兴十年庚申(公元1140年),年十六,与叶同时赴杭州参加考试。

② 豪饮:痛快地喝酒。

③ 薄宦:职位不高的官。

④ 托:托福。

⑤ 近邻:夷陵与夔州邻近,各是各处官员,故称近邻。

⑥ 本拟笙歌娱病客,却催雨雪恼行人:老朋友久别重逢,本应好好宴请陆游,宴会上本应有文艺演出助兴,但夷陵正在求雪,叶黯作为一县之长应该"斋戒"(吃素,不能宴会),只好素酒招待。不仅如此,还求下一场雪来,使行路之人(陆游)十分恼火。陆游是说你老朋友真不够交情,不请客不说,还求下雪使我遭罪。当然这是开玩笑的话。

⑦ 欹(qī):不正。

您本该宴请有病的老友外加笙歌助兴,
却不料求下雪来害我这行路之人。
早起用冻僵的手题诗寄您以答雅意,
请不要笑我的字写得歪斜不均匀。

西斋① 雨后

香碗灰深微炷②火,茶铛③声细缓煎汤。
百年浮世④几人乐,一雨虚斋三日凉。
帘外微风斜燕影⑤,池边残照⑥敛萱房⑦。

---

① 西斋:陆游的书斋。

② 炷:灯芯,或作量词(如一炷香)、或指"点燃"(专用于香),这里作点燃解。古人在书斋中往往要燃香,以营造一种静穆的环境,给人以沉雅的感受。如"焚香读书""焚香弹琴""焚香静坐"之类。普通人家用的是便宜的线香或棒香(都是香屑和泥所做。线香较细,无棒;棒香则在细竹棒上涂以香泥,较粗些,如安息香即属于棒香),富贵人家则用贵重的沉香、檀香等。这里用的大概是线香。

③ 铛(chēng):古时一种有脚的锅。从这句诗可以知道当时并不是把烧滚的开水冲入杯内"泡茶",而是把茶叶放入茶铛加上水慢慢地煎(小火),是"煎茶",煎出来的茶,味道应更浓。

④ 浮世:浮生之世。人生世人,虚浮无定,故曰浮生。

⑤ 斜燕影:燕影斜,诗中往往使用这样的倒装句。

⑥ 残照:夕阳。

⑦ 萱房:萱花,为押韵而用"房"字。萱,萱草,古称忘忧草或称宜男草。它的花晒干以后可以做菜,即金针菜。

纱幮①石枕②萧然③卧,付与今宵幽梦④长。

【按】陆游这首七律是在乾道七年辛卯（公元1171年）夏天写的,时年四十七岁。这年三月,夔府州试进士,他充监考官,到四月才离开试院。考官们或有私心、或无眼光,评卷极不合理,好的卷子反而不中;而陆游因是监考,按规定不能参加意见,他虽十分气愤,却也无可奈何。

这首诗表面看来好像平淡无奇,写的不过是书斋生活,其实却颇含深意,但隐晦曲折,一眼不易看出。

这首诗总的调子是沉郁的,似埋藏着无限幽恨。在艺术上则采用了比喻和对比的方法。一炷香插在灰中,香头的火极微,灰却很深,比喻自己被众多的小人包围,无法脱离。茶被火慢煎久煮,比喻自己在环境中煎熬,虽要呼喊,但其声甚微,不为人所重。世上有几人快乐？问中寓答,可以意会到只有少数小人快乐。一场雨三天凉,可见凉气之大,身凉则心头也凉。"微风斜燕",暗用了杜甫"旌旗日暖龙蛇动,宫殿风微燕雀高"（《和贾舍人早朝》）的典故,还有,秦时农民起义领袖陈胜在当雇工时说过"燕雀安知鸿鹄之志","燕",一向指小人,燕飞而且影斜,喻指小人得志轻狂之状。"残照",喻南宋政权已处于黄昏境地,与陆

---

① 纱幮（chú）:纱帐。
② 石枕:在夏天,古时往往用瓦枕、陶枕、瓷枕之类以取凉,这些都可称为石枕。
③ 萧然:心情不舒。
④ 幽梦:幽昧不明之梦。

游同时期的辛弃疾（著名爱国将领，与苏轼同为豪放派词人之首），曾因"斜阳正在烟柳断肠处"之句而得罪了宋孝宗。"萱"，称为忘忧草，因残照而收紧花房，则忧之甚矣。对此情景，忧心如焚，不能入睡，只好把一切付之梦境，这是无可奈何之极了。

【译】

香碗的深灰里插着微燃的线香，
茶铛轻轻的扑落声是在慢慢煎着茶汤。
人生百年有几人得到了快乐？
一阵大雨使空空的书斋有三日的清凉。
帘外微风中燕影斜着掠过，
萱花收紧面对着池边的夕阳。
在纱帐里枕着石枕心情却不很舒畅，
怎么办呢？
只好把一切都交给没完没了的迷迷糊糊的梦乡。

林亭① 书事

吏②退林亭夏日长，乌纱③白纻④自生凉。

---

① 林亭：大概是陆游衙门中的一座亭子，周围有一片树林。
② 吏：衙门中分职办事的小官，这里指陆游的下属。
③ 乌纱：指官员戴的帽子。
④ 白纻（zhù）：白色的纻麻布，这里指衣服。

绕檐密叶帷①三面,覆水青萍锦一方。

约束蛮僮②收药富③,催呼稚子④晒书忙。

平生幽事⑤还拈起,未觉巴山异故乡。

又

期会⑥文书⑦日日忙,偷闲聊得卧方床。

花藏密叶多时在?风度疏帘特地凉⑧。

野艇空怀⑨菱蔓滑,冰盆谁弄藕丝长?

角⑩声唤觉东归⑪梦,十里平湖⑫一草堂⑬。

(原注:峡中绝无菱藕。)

【按】 这两首七律也是乾道七年夏天在夔州作的。陆游

---

① 帷:帐幕。亭子三面(大概空出前面)被树围绕,如同挂了帐幕。亭子的前面大概是一方池塘,漂满绿色的浮萍,就像盖了一块锦。

② 蛮僮(tóng):指雇用的少数民族的童仆(在夔州一带可能是侗族)。

③ 富:多。

④ 稚子:小孩子。这里指陆游的儿子。

⑤ 幽事:幽恨之事。对社会不满之事,因不便明言,故称幽事。

⑥ 期会:按期会见。指参见上级之类的公务。

⑦ 文书:公文。

⑧ 花藏密叶多时在?风度疏帘特地凉:意思是因为忙,没有注意到何时叶子长得繁密把花遮住了。度,穿越。

⑨ 野艇空怀:空怀野艇。野艇,专在乡间水道使用的小船。这里指陆游曾在山阴乡间乘这种小船采菱藕。

⑩ 角:古时军中的吹奏乐器,用兽角所做,用以号令军队,称为号角,声调悲壮。

⑪ 东归:山阴在东,故称东归。

⑫ 平湖:镜湖。

⑬ 草堂:陆游在山阴所置的房屋。

说，在夔州公务繁忙，忙里偷闲方能歇歇夏，快活一下（也许这天是休沐日，古时官吏每十天有一天休沐日）。既然休息，他就把忧国之心暂时放下，这时觉得夔州与故乡没有什么两样；但是，军中的号角声又使他想起国难深重，留在夔州又能起什么作用呢，既无作用，还不如回到故乡去，那里毕竟有菱藕可吃，毕竟是自己的家啊。虽然嘴上说把国事放下，但还是时时萦绕在心上的。

【译】

属吏退，歇林亭，夏日好长；
乌纱帽，白纻衣，自然生凉。
绕亭檐，围密叶，三面帷帐；
池水上，覆浮萍，青锦一方。
差蛮童，收草药，不少数量；
叫孩子，晒书籍，东奔西忙。
把平生，暗恨事，暂时放放；
不觉得，在四川，有异故乡。

又

定期会，批公文，天天事忙；
偷空闲，方能够，躺上方床。
密叶内，隐花朵，何时掩藏？
穿疏帘，来微风，特别清凉。
坐野艇，弄菱蔓，不过空想；

谁曾经，装冰盆，藕片丝长。

号角声，唤醒我，东归之梦；

那里有，十里湖，一座草堂。

秋晴欲出城，以事不果①

古人已去不可回，今人日夜归泉台②。

浮生细看只此是，到死自苦何为哉③。

矜④名饰诈⑤竟一世，忍寒触热忘其骸⑥。

不令金樽⑦映翠杓⑧，坐待白骨生苍苔。

清秋九月瘴如洗⑨，白盐⑩千仞⑪高崔嵬⑫。

---

① 不果：没有成功。

② 归泉台：葬入坟墓。泉台，墓穴。

③ 哉：文言助词，表示疑问或感叹，这里相当于"啊"。

④ 矜：自夸。

⑤ 饰诈：掩盖假面目。饰，遮掩。诈，假装。

⑥ 骸：骨头。这里指身体。

⑦ 樽：酒缸；酒壶。

⑧ 杓：有柄的舀水或酒的器具。

⑨ 瘴如洗：瘴气一洗而空。瘴，瘴气，南方的湿热空气，可致疾病。

⑩ 白盐：山名。

⑪ 千仞：非实数，是形容山之高。仞，古时以八尺或七尺为一仞。

⑫ 崔嵬：险峻。

荒庭落叶不可扫①,惟有丛菊争先开②。
瀼西③黄柑霜落爪④,溪口⑤赤梨丹⑥染腮⑦。
熊肪⑧玉洁美香饭,鲊脔⑨花糁⑩宜新醅⑪。
南窗病起亦萧散⑫,甚欲往探城西梅。

---

① 荒庭落叶不可扫：唐白居易的《长恨歌》，写唐明皇因安禄山叛乱而逃奔西蜀的事，待乱平回到长安时人事全非，做了无权的太上皇，住在荒凉的宫殿里，"西宫南内多秋草，落叶满阶红不扫"。陆游写的虽是当前的荒庭，但暗用此典，指汴京（今河南开封）沦陷后的凄凉景况。

② 惟有丛菊争先开：杜甫流落夔州时写了《秋兴八首》，感慨国事，其中第一首云："玉露凋伤枫树林，巫山巫峡气萧森。江间波浪兼天涌，塞上风云接地阴。丛菊两开他日泪，孤舟一系故园心。寒衣处处催刀尺，白帝城高急暮砧。"陆游正好也在夔州，与杜甫有同样的感受，所以用了此典，暗指自己身处困境，忧虑国事怀念故乡。这是一种写景抒情、寓情于景的手法，所谓"不着一字，尽得风流"，应好好体会。此句应与"荒庭落叶不可扫"联系在一起去看。

③ 瀼（ràng）西：地名，在夔州。

④ 霜落爪：黄柑带霜，用手去剥，霜就沾到手掌上了。

⑤ 溪口：地名，大概也在夔州。

⑥ 丹：红色。梨子是红的，吃梨时就把红色染到腮上了。

⑦ 腮：面颊。

⑧ 熊肪：就是熊白。据说，熊在冬蛰时，"当心有白脂如玉，味其美，俗呼熊白"；另一说，熊白在熊的背部，冬天有，夏天无。

⑨ 脔：肉块。

⑩ 花糁：形容像花一般的薄。

⑪ 醅：没有滤过的酒。

⑫ 萧散：疏散，不问外事。

一官底处①不败意②,正用此时持事③来!

【按】这首七言古诗是在乾道七年秋天写的。在这一年的夏秋之间,大概因气愤的关系,再加上初到夔州,水土不服,陆游生了四十天的病。因此,思想有些消极,忧国怀乡,不能自已,好似杜甫当日的情景。他想到城外去放松一下,喝一杯酒,也因要办公事而不能成行,就不免感慨系之了。难道陆游仅仅是因为出城不果这点小事而大发牢骚吗?不是的。他说连这样的小事也会败兴,言外之意是大事更是处处败兴了。谁败他的兴呢?无非是"矜名饰诈"之徒。而所谓的"事"也绝不会是有利国家的事,陆游感到为这些事而出城不果,实在是太不值得。因此,才会有败意之叹。看来,陆游对夔州官场的生活已经深感失望并且厌倦了。

【译】

古人已死去,不能再回来;

今人也这样,日夜进坟堆。

仔细看人生,难逃这一关;

一直苦到死,为的啥事啊!

夸名和装假,总要变成灰;

熬冷又熬热,忘记身体亏。

---

① 底处:倚处。

② 败意:败人意兴。

③ 持事:拿了公事。

不许金酒缸，相配酒勺翠；
空到死去后，白骨生青苔。
瘴气已洗尽，九月正清秋；
险峻白盐山，高得天碰头。
荒庭落叶多，没处下扫帚；
只有丛菊开，亦似杜甫愁。
瀼西黄柑好，剥它指沾霜；
溪口梨可口，面颊染红光。
熊肪如玉洁，还有美饭香；
鱼肉似花片，应把新酒尝。
病起坐南窗，总算还疏散；
想到西城外，探访孤芬梅。
做官难自在，处处意兴败，
正在这时候，公事忽然来。

卷三

道中累日不肉食，至西县①，市中得羊，因小酌

门外倚车辕②，颓然③就醉昏。
栈余④羊绝美，压⑤近酒微浑。
一洗穷边⑥恨，重招去国魂⑦。
客中无晤语，灯烬⑧为谁繁？

【按】由于陆游向丞相虞允文的请求，四川宣抚使王炎（宣抚川陕，驻南郑）征辟他为四川宣抚使司干办公事兼

---

① 西县：在今陕西省略阳县一带，当时陆游奉调自南郑赴成都，途经西县。
② 辕：兽力车车身前驾牲口的长杆。
③ 颓然：精神倦怠的样子。
④ 栈余：离栈道不远的地方。栈，栈道，古时从陕西去四川要走栈道（沿山岩凿洞，打上木桩，铺上木板，作为道路）。
⑤ 压：古时制酒尚未用蒸馏法，而是"压"出来的，压出的是酒，压去酒后剩下的是糟。靠近"木压"处的酒，其色较浑。
⑥ 穷边：陕西一带是南宋与北方少数民族政权相持的边区，故称穷边。多少天吃不到肉，今天吃到羊肉，一洗此恨。
⑦ 重招去国魂：战国时，楚怀王不听屈原忠谏，赴秦昭王之会，被秦兵绝断归路，终于死在秦（陕西），屈原作《招魂》篇以招怀王之魂，这就是"去国魂"。北宋徽钦二帝（赵佶和其子赵桓）被金人攻破汴京俘去，吃尽苦头，公元1136年，赵佶病死。公元1161年，赵桓被箭射马踩而死，他们也是"去国魂"。陆游说"重招去国魂"，表明他曾在那里祭祀招魂（因为陆游就要离开边境了，由于屈原先有招魂之举，所以称为"重招"，或者，他初到边区时已经招过一次，这次离去再招一次，也是重招）。
⑧ 灯烬：灯芯上被火烧焦的部分。烬，火之余。

检法官。乾道八年壬辰（公元1172年）正月，陆游自夔州启程，经邻山、岳池、广安、樊亭、广元，于三月到南郑，时年四十八岁。王炎虽然与他很融洽，但因种种原因而没有采纳他的进取之策。在这期间，他在广阔的前线活动，参加了"防秋"战斗，总算部分地实现了他的报国之志。九月，王炎被召回临安，陆游在外得到消息赶回南郑告别王炎，幕僚四散，陆游改调成都府路安抚司参议官，十一月二日，自南郑去成都，告别了戎马生涯。

　　这首五律就是在去成都途中所作。在诗中，陆游描述了边区情景，更重要的是抒写了自己离开边区不能实现报国志愿的遗憾。为什么要招去国的二帝之魂呢？这实际上是不忘沦陷区的人民。为什么不熄灯呢？因为即将永别前线，心潮起伏，不能入眠。

【译】

门外的车辕上靠着一个人；

这是我醉得昏昏沉沉。

离栈道不远的羊真肥美，今天开荤；

不足的是只有近压处的酒，有点儿浑。

对边区穷苦的遗憾，从此不存；

就要离去了，再次招一招被俘二帝的灵魂。

在旅途中没有谁同我谈论；

灯是为谁点的？始终没有熄灯！

书事

生长江湖狎①钓船,跨鞍塞上②亦前缘。

云埋废苑③呼鹰处④,雪暗荒郊射虎⑤天。

醪酒芳醇偏易醉,胡羊⑥肥美了无膻。

扬州虽有东归日,闭置车中定怅然⑦。

【按】这首七律是在旅途中所作。陆游给我们展现了荒凉广漠的边区、展现了残破的城市、展现了呼鹰射虎的场面、展现了自己的生活。对戎马生涯,陆游有无限的留恋,他不愿意东归,他要在前线奋战,但事实不允许。在遗憾之余,他写下了这一回忆往事的诗篇。这一段不平常的经历,深深地印在他的脑海之中,到晚年也没有忘怀。

【译】

从小生长水乡,熟习钓鱼行船;

现在驰马边疆,也可说有前缘。

---

① 狎(xiá):亲近而不庄重,这里作熟惯解。

② 塞上:边区。

③ 苑:帝王的园林,其中畜养禽兽。

④ 呼鹰处:古时打猎,臂上站着苍鹰,手中牵着黄犬,到猎场把鹰犬放出,故呼鹰处即猎场。昔日宫苑已成猎场,实际是说,繁华城市因战争而残破成为一片废墟。这里是说,陆游曾在废苑上打过猎。

⑤ 射虎:汉朝抗击匈奴的名将李广,有一次夜行,误认石头为虎,用力一箭,箭头竟没入石中。陆游确曾在那里射过虎,还把虎皮带回了乡。

⑥ 胡羊:北方的羊。胡,古时对北方少数民族的称呼。

⑦ 怅然:不痛快的样子。

云埋废弃宫苑,任我呼鹰纵犬;
雪暗茫茫荒郊,正是射虎之天。
好酒芳香味厚,容易使人醉眠;
胡羊不但肥美,吃来毫无腥膻。
虽然总能东归,扬州繁华无边;
好比关在车中,气闷不免怅然。

栈路书事

危阁①闻铃驮②,湍流③见磑船④。
汲江人负瓨⑤,骑马客蒙毡⑥。
梨美来秦⑦地,橙香接楚天。

---

① 危阁:危险的阁道,即栈道。
② 驮:负责运货物的牲口;这种牲口挂着响铃,称为铃驮,即所谓"山间铃响马帮来"。
③ 湍流:急流。两边是绵延的高山,沿山筑有栈道,中间是奔腾的急流,诗人行在栈道上,先听后看,从近到远。
④ 磑(wèi)船:水磨。利用急流冲击,带动主轴,使机械转动去磨面或舂米的装置。
⑤ 瓨:陶罐、瓦罐之类。由于山路很陡,不宜用水桶肩挑,因此把水罐背在背上或顶在头上,都叫"负"。唐刘禹锡《竹枝词》"山上层层桃李花,云间烟火是人家。银钏(chuàn)金钗来负水,长刀短笠去烧畲(shē)",描写的就是这种情景。
⑥ 蒙毡:披着毡毯。先写"急流边负瓨",再写"路上客披毡",是从远到近。律诗中描写景物的两副对子一般都是这样写的。
⑦ 秦:指陕西。因春秋战国时为秦国之地。

痴①顽②殊③耐④事，随处⑤一欣然⑥。

【按】这首五律是在旅途中所作。诗人描写了川陕一带奇丽的景色、奇异的风俗，表达了对伟大祖国的赞美之情。对旅途的辛苦，陆游毫不在乎，充满了乐观主义精神。诗人说自己痴顽、是个呆子。他真是呆子吗？南宋国势之所以不振，正是因为这样的"呆子"太少了，"乖人"太多了。律诗是八句，一般中间四句是两副对子，这首诗前两句也对仗，是一特点。此诗对仗工整、字句清丽，写得很好。

【译】

危险的栈道上，响着驮铃之声；

湍急的江流旁，转着不停的水磨。

汲水的山民背负水瓮走路；

骑马的客人披着毡毯跋涉长途。

有时还能买到水果；

鲜美的梨子来自陕西，

香甜的橙子却产自两湖。

---

① 痴：疯癫，不合常情。

② 顽：顽固，不屈。陆游说自己是个与平常人想法不同的人，乖巧的人是不肯到边区来吃苦的，自己不仅要来，还坚持，认为很好，故称"痴顽"，现在叫作"大呆子"。

③ 殊：特别。

④ 耐：经受得起。

⑤ 随处：到处。

⑥ 欣然：很快乐。

这般的风土人情在江南哪曾见过啊!

我这大呆子特别能经受种种折磨,到处旅行倒也乐呵呵!

过武连县①北柳池安国院②,煮泉试"日铸""顾渚"茶

院有二泉,皆甘寒。

传云:"唐僖宗③幸蜀④,在道不豫⑤,至此饮泉而愈⑥,赐名⑦'报国灵泉'"

滴沥⑧珠玑⑨翠壁间,遭时⑩曾得奉⑪龙颜⑫。

---

① 武连县:在剑阁西南,前去为绵阳。

② 安国院:大概是一座庙宇。如果是,就应为"安国禅院"。

③ 唐僖(xī)宗:李儇(xuān),公元874—888年在位。

④ 幸蜀:就是到四川。幸,即皇帝驾临。

⑤ 不豫:不舒适,指有病。

⑥ 愈:病好。

⑦ 赐名:皇帝题名。

⑧ 滴沥:水滴声。

⑨ 玑(jī):不圆的珠子。

⑩ 遭时:遇到机会,指唐僖宗饮此泉。

⑪ 奉:供奉,供应。

⑫ 龙颜:唐僖宗,古时称皇帝为龙。颜,面孔。

栏①倾甃②缺无人管，满院松风昼掩关③。

又

行殿④凄凉迹已陈⑤，至今父老记南巡⑥。

一泓⑦寒碧无今古，付与闲人⑧作主人。

又

我是江南桑苎家⑨，汲泉闲品故园茶⑩。

只应碧缶⑪苍鹰爪⑫，可压江囊⑬白雪芽⑭。

（原注："日铸"贮以小瓶，蜡纸丹印⑮封之；"顾

---

① 栏：这里指井栏。

② 甃（zhòu）：井壁。

③ 掩关：关上门。关，门闩。

④ 行殿：皇帝在途中所住的屋。

⑤ 陈：这里作"过去"解。

⑥ 南巡：到南方巡视政务，皇帝出行叫巡。而事实是，公元880年，黄巢起义军进攻长安，唐僖宗逃往成都，途经武连。说南巡只是遮掩或讽刺。

⑦ 泓：清水。

⑧ 闲人：陆游自称。

⑨ 桑苎（zhù）家：栽桑种麻的人家，即农民。

⑩ 故园茶："日铸""顾渚"两种茶叶是陆游从故乡带到四川的，故称为"故园茶"。

⑪ 缶（fǒu）：大肚小口的瓦罐。

⑫ 苍鹰爪：茶叶深绿色而尖弯，像苍鹰的钩；爪，指日铸茶。

⑬ 囊：口袋。

⑭ 白雪芽：茶叶白色而尖直，像嫩芽，指顾渚茶。

⑮ 蜡纸丹印：用纸扎住瓶口，熔蜡涂封，趁蜡还软时盖上红色的印，蜡硬结后就不能偷偷拆封了，以示瓶中茶叶是真品。

渚"贮以红蓝缣①囊：皆有岁贡②。）

【按】 这三首七绝是公元1172年十一、十二月间所作。诗人就安国院泉的传说吊古叹今，唐僖宗的逃亡可为南宋的镜子，若不能内安黎民外御强敌，终将灭亡。诗人赞美了四川的泉和浙江的茶，这是实事求是的。从诗中，我们可以了解到当时的茶名、雅号、形态、色泽和包装情况。

【译】
泉水像无数珠玑沿着翠壁滴沥流下，
曾经得到皇帝赞赏是恰逢时机。
现在是井栏倒井壁缺无人管理，
白天都关上门院里只有风儿把松针吹飞。

又

行殿早成陈迹，荒凉又凄迷；
到现在当地父老还记得唐僖宗奔逃的传奇。
始终不变的只有那一道冰冷碧绿的泉溪，
闲人做了现在的主人，我真有点福气。

又

我本是江南的农家，
今天有闲汲些泉水来品品故乡的茶。
应该是绿瓶里的"日铸"苍鹰爪，

---

① 缣（jiān）：细绢。
② 岁贡：规定每年按时献给皇帝，表示这两种茶叶都很珍贵。贡，献给皇帝叫贡。

可以压住红绢袋里的"顾渚"白雪芽。

即事

渭水①岐山②不出兵，却携③琴剑④锦官城⑤。
醉来身外穷通⑥小，老去人间毁⑦誉⑧轻。
扪虱⑨雄豪空自许，屠⑩龙工巧竟何成。
雅闻⑪岷下多区芋⑫，聊试寒⑬炉玉⑭糁羹。

【按】这时陆游已到了绵州（今四川绵阳）魏成县驿，这首七律大概就是在驿中所作。陆游一家正在驿中煮芋头粥，

---

① 渭水：在陕西。

② 岐山：在陕西。

③ 携：携带。

④ 琴剑：古时知识分子的必备品。琴，指古琴。

⑤ 锦官城：成都。成都产锦，主管官员叫锦官。

⑥ 穷通：失意和得意。穷，穷困。通，通达。

⑦ 毁：诋毁，咒骂。

⑧ 誉：称赞。

⑨ 扪（mén）虱：摸虱子。东晋王猛，少有大志，隐居华阴山，桓温伐秦，王猛着了短衣（劳动者所穿）去见他，扪虱而谈，旁若无人；后来前秦苻（fú）坚用了他，国势因而强盛。

⑩ 屠：宰杀。《庄子》有一寓言，说有一个姓朱的拜师学习"屠龙之技"，三年而成，但没有什么用，因为没有龙可以供他屠，还不如学宰猪。在这里，屠龙指杀敌。

⑪ 雅闻：平常听说。

⑫ 区芋：小芋头。

⑬ 寒：寒酸，不阔气。因为烧的只是穷人吃的芋头粥，所以自称"寒炉"。

⑭ 玉：白亮如玉，指芋头。

诗题是《即事》，可是他并没有限于眼前的这锅粥，而是想到了这次旅程，想到了为什么会有这次旅程，再想到了自己的人生旅程，自己的穷通毁誉原不足计，可是国家的旅程却令人担忧，这样下去，还能自自在在地吃芋头粥吗！从芋头粥之小而一层层推到国事之大，这是陆游饮食诗的特点之一。

【译】

陕西前线只是守不出兵，
我带了琴剑前赴锦官城。
醉后迷迷糊糊对自身得失觉得太小，
老来看破一切对人间毁誉认为很轻。
无人用我，空有王猛的雄心豪气，
不许反攻，虽有克敌制胜的本领却一无所成。
唉，算了吧！
平常听说岷山下小芋头很多很好，
且来煮一锅甜美的芋粥羹。

东山①

今日之集②何佳哉！入关③剧④饮始此回。

---

① 东山：这首诗是在绵州（今四川绵阳）所作，东山大概是绵州的一处名胜，州官在此宴请陆游。
② 集：集饮，宴会。
③ 关：指剑门关。
④ 剧：过分，痛快。

登山正可小天下①，跨海何用寻蓬莱②。

青天肯为陆子见③，妍日④似趣⑤梅花开。

有酒如涪⑥绿可爱，一醉直欲空千罍⑦。

驼酥⑧鹅黄⑨出陇右⑩，熊肪玉白黔⑪南来。

眼花耳热不知夜，但见银烛⑫高花摧⑬。

---

① 登山正可小天下：从字面上看，此句是说东山很高，望下去，天下好像小了。但这里却是语义双关，说因为自己站得高，所以能看得远。

② 蓬莱：传说中的海上三座仙山之一。诗人说，不必再跨海去找蓬莱仙山了，这里就是蓬莱。这是说东山风景很好，远离尘寰，但也含有对官员们不顾国难而醉生梦死的讥刺。

③ 青天肯为陆子见：从字面上看，此句是说天气很好，望见了青天。但用了一个"肯"字，也就可以作为疑问句，而有了双关的意思，诗人说，自己能遇到"青天"（清正明察的上级）吗？实际是说没有遇到。陆子，作者自称。

④ 妍（yán）日：鲜红的太阳。

⑤ 趣（cù）：这里通"促"，不作"兴趣"解。

⑥ 涪（fú）：涪江，就在绵阳一带，说酒像涪江的水一样清碧可爱。

⑦ 罍（léi）：古代一种酒具。

⑧ 驼酥：驼峰，骆驼背上隆起的部分，有单峰，有双峰，极肥美，古人认为是极珍贵的食品。

⑨ 鹅黄：嫩黄色，指驼酥的色泽。

⑩ 陇右：陇山之西，从今陕西陇县到略阳一线以西，包括甘肃，直到新疆乌鲁木齐以东，古时都是陇右的范围。

⑪ 黔：指贵州。

⑫ 银烛：很光亮的蜡烛，巨烛，大如臂，富贵人家或吏才用得起。

⑬ 高花摧：烛花不断被烧去。

京华故人①死太半②，欢极往往潜③生哀。

聊将豪纵④压⑤忧患，鼓吹⑥动地声如雷。

【按】陆游旅途艰苦，到了绵州，州官设盛宴招待，对于常人来说，这是求之不得的事，只会表示感激。然而，陆游却认为在国难深重的时候是不应该这样铺张浪费的。但从礼貌上来说，他却不能直明直白地反对，因而只能隐晦曲折地表达自己的意思。譬如说，"登山正可小天下"既指东山之高，又可指站得高才能看得远，还可以指参加宴会的主客高高在上把天下大事看得很小。又如，"跨海何用寻蓬莱"，暗指你们这批人过的是神仙般的生活，不顾下界老百姓的痛苦。又如，写明"妍日"和"不知夜"，暗用齐桓公"卜昼卜夜"的典故，暗责主客们醉生梦死，置国事于不顾。又如，"京华故人死太半"，其中就包括抗金将领张浚，新朋友只知饮酒作乐，就不免想到抗战派的老朋友已死得差不多了。这就是"潜生哀"的真意。还有，"动地"也是有深意的。据说，周穆王出巡，遇到北风大雪，老百姓有不少人被冻死，作《黄竹》诗，所谓"黄竹歌声动地哀"，

---

① 故人：老朋友。

② 太半：大半。

③ 潜：潜伏；隐藏。

④ 豪纵：豪情纵横。

⑤ 压：盖住。

⑥ 鼓吹：鼓声和吹奏乐器的声音，指奏乐。

鲁迅的"敢有歌吟动地哀",也是用的此典。陆游暗示,你们这里是"鼓吹动地",是否也想到"黄竹歌声动地哀"呢?语义双关,指东说西,别寓深意,这种手法叫作"微词曲笔"。

【译】

今天的宴会好得无法谈,
入关以来的痛饮,这算头一回。
登上东山正好把天下看得极小非凡,
用不着再飞越东海去寻找什么蓬莱。
头上的青天肯给我姓陆的见一见吗?
鲜红的太阳暖烘烘像在催促梅花快开。
酒的色泽像涪水一样碧绿可爱,
恨不得尽兴一醉喝它一千杯。
嫩黄的驼酥是陇右的名产,
莹白的熊肪从黔南老远运来。
兴致真高啊,不知道天色已经很晚,
只见银烛高烧,烛花不断掉下来。
欢乐到极点,会偷偷地出现悲哀,
想到在京师的老朋友大半已进了坟堆。
暂且把纵横的豪情压下一切忧患,
动地的奏乐犹如天上的响雷。

卷四

同何元立、蔡肩吾至东丁院，汲泉煮茶①

一州②佳处尽徘徊③，惟有东丁院未来。
身在江南老桑苎，诸君小住④共荣杯。

又

雪芽⑤近自峨嵋得，不减红囊顾渚春。
旋置风炉清樾⑥下，它年奇事记三人。

【按】凡是大诗人，各种风格的诗应该都会写。譬如说，杜甫固然写了如"三吏""三别"等大量的忧国忧民的诗，但也写了不少的如"清江一曲抱村流，长夏江村事事幽""舍南舍北皆春水，但见群鸥日日来"等闲适的诗。陆游这两首七绝就属于闲适诗。但闲适诗并不等于庸俗诗，应该有高尚的情趣。试想，在幽静的东丁院，州官忙里偷闲，穿上便服，自己煮茶，与两位朋友细品佳茗，吟诗论文，宛

---

① 陆游在岁暮到达成都，没有多时，即在次年，乾道九年癸巳（公元1173年）春调任蜀州（崇庆）通判，但到五月又改调嘉州（乐山）摄（shè，同"摄"，代理）州事，这两首七绝是初到嘉州所作。东丁院，在嘉州。
② 州：嘉州。
③ 徘徊：来回走动，这里作"游玩""观光"解。
④ 小住：短期居住。
⑤ 雪芽：指茶叶。
⑥ 樾（yuè）：树荫。

然有卧治之妙，岂非雅事！岂非韵事！陆游说是奇事，因为别的州官绝不会这样做。

【译】

嘉州的名胜都已瞻仰过风采，
只有东丁院还没有前来。
我是江南的老农民，
同各位小住几天一起举起茶杯。

又

最近从峨眉山得到些白雪芽，
不差似故乡的红绢袋的顾渚茶。
马上把风炉放到清凉的树荫下，
我们三人的奇事，他年将传为佳话。

蜀酒歌

汉州①鹅黄鸾凤雏②，不鸷不搏德有余③。

---

① 汉州：今四川广汉。

② 鹅黄鸾（luán）凤雏：鹅黄酒好像鸾凤的幼鸟。鹅黄，酒名。鸾，传说中的鸟，似凤，五彩而多青色，称为青鸾，常为仙人所骑。凤，凤（雄性）凰（雌性），传说中的百鸟之王。雏，幼鸟。

③ 不鸷（zhì）不搏德有余：鹅黄酒的酒性不烈、不刺激，但很醇厚。鸷，凶猛的鸟。

眉州①玻璃天马驹②,出门已无万里途。

病夫③少年梦清都④,曾赐虚皇⑤碧琳腴⑥。

文德殿⑦门晨奏书⑧,归局⑨黄封⑩罗百壶。

十年流落⑪狂⑫不除,遍走人间寻酒垆⑬。

青丝玉瓶到处酤⑭,鹅黄玻璃一滴无。

安得豪士⑮致⑯连车,倒瓶不用杯与盂。

---

① 眉州:今四川眉山。

② 玻璃天马驹:玻璃酒像小天马。玻璃,酒名。天马,传说中的神马,行速极快。驹,小马(或驴、骡)。天马驹一出门,一会儿就跑出老远,万里路不在话下。意思就是说,玻璃酒的酒性暴烈,一上口就会使人醉倒。

③ 病夫:陆游自称。

④ 清都:天帝所住的宫殿。

⑤ 虚皇:陆游既自称是做梦,这个虚皇就是清都之尊的天帝了,但实际上,做梦是假托,实际是暗指孝宗赵昚(shèn)。

⑥ 碧琳腴:酒名,绿色而醇厚的酒。

⑦ 文德殿:明指天上的宫殿,实指南宋的宫殿,据《武林旧事》所载,确有此殿。

⑧ 奏书:跟随岁星"掌奏记,主伺察"的星神。实际是陆游自指。

⑨ 局:机关。

⑩ 黄封:御赐用黄纸封口的酒。

⑪ 十年流落:陆游三十四岁出仕,这年四十九岁,共十五年,中间罢官居乡五年,在官(福州、临安、镇江、南昌、夔州、南郑、成都、蜀州、嘉州等地)十年,故称"十年流落"。

⑫ 狂:狂放,任性。

⑬ 垆(lú):酒店里放大酒缸的土台。

⑭ 酤(gū):买酒。

⑮ 豪士:李白曾在"扶风豪士"家中剧饮。

⑯ 致:送。

琵琶如雷聒①坐隅②,不愁渴死老相如③。

【按】这首七古是在乾道九年癸巳(公元1173年)十月至十一月初所作,陆游四十九岁,时在嘉州。诗人说,汉州鹅黄、眉州玻璃,这两种好酒在嘉州一滴也买不到。眉州离嘉州很近,汉州离嘉州也不远,为什么连嘉州州官也买不到呢?因为那年大旱,粮食歉收,当然不能酿酒了。值得注意的是陆游写了离奇的梦境,他真做了这样的梦吗?不是,他是在回忆十年前在临安任枢密院编修官时修史、草檄等的情况,当时还能对朝廷的决策提出意见。因为得罪了皇帝,弄得十年流落、以酒浇愁,而现在却连酒也喝不到,愁更无以解,只能"渴死"了。

【译】

汉州鹅黄酒,好比雏凤柔,温和又醇厚;

眉州玻璃酒,好比天马驹,暴烈辣我口。

莫笑今朝是病夫,少年曾梦上天都;

天帝赐我御制酒,佳名就叫碧琳腴。

清早来到文德殿,朝拜天帝上奏书;

朝罢回到办公处,罗列黄封酒百壶。

十年流落,狂妄依旧;

走遍人间,去寻好酒。

---

① 聒(guō):吵闹,嘈杂。

② 隅(yú):旁边。

③ 相如:汉代文学家司马相如,晚年患消渴症。

青丝玉瓶,到处奔走;

鹅黄玻璃,一滴没有。

哪里去找豪士,送我一车好酒;

倒瓶不用酒杯,让我尽量喝够。

乐声响如春雷,座旁琵琶弹奏;

纵使渴似相如,我也不用发愁。

冬日

幸是元无①了事痴②,偷闲聊复学儿嬉。

午窗弄笔临③唐帖④,夜几研朱⑤勘⑥楚词⑦。

山暖已无梅可折⑧,江清犹有蟹堪持。

---

① 元无:原无。元,同"原"。

② 了事痴:把事情办到底的痴心。了,结束。

③ 临:临摹。

④ 唐帖:唐代的字帖,如欧阳询、颜鲁公等都有字帖。

⑤ 研朱:在书上批点要用红色。古时以朱砂作颜料,以白术作研色的工具,叫作研朱,写的字叫作朱笔。

⑥ 勘:校对,这里指"批点"。

⑦ 楚词:楚辞,主要是屈原的作品,也有宋玉的。

⑧ 无梅可折:梅是"岁寒三友"(还有松、竹)之一,无梅可折则梅花已落尽,隐指老朋友的死去。

旧交①乖隔②音尘断③，安得歌呼共一卮④。

（原注：蜀中唯嘉州有蟹。）

【按】这首七律是乾道九年十一月所作。诗题虽是《冬日》，其实是怀念旧友。诗人说自己没有干到底的决心，这是反话，表明环境所限无可奈何的心情。诗人说自己偷闲像儿童那样临帖批书，但批的却是楚辞，可见在偷闲时也没有忘记忧国忧民，这当然就是"了事痴"。面对这样的现实怎么办？周围无人可谈，那就想到了老朋友，而老朋友又远隔天涯，只能自己喝闷酒了。

【译】

幸而我对事情没有干到底的痴心，
才能偷空学那儿童的行径。
中午在窗前把唐帖临摹，
晚上用朱笔把楚辞来点评。
天气暖和梅花已经不见踪影，
有蟹可吃是因为岷江的水清。
老朋友没有往来也无音信，
怎能够同他们唱歌喝酒叙叙别情！

---

① 旧交：老朋友。
② 乖隔：分离。
③ 音尘断：音信不通，往来断绝。
④ 卮（zhī）：古时的一种酒具。

题龙鹤菜①帖

（东坡先生②元祐③中，与其里人④史彦明主簿书云：

新春龙鹤菜羹有味，举箸⑤想复见忆⑥耶⑦！）

先生直⑧玉堂⑨，日羞⑩太官羊⑪。

如何梦故山⑫，晓枕春蔬香。

春蔬尚⑬云尔⑭，况我旧朋友⑮。

万里⑯一纸书，殷勤问安否。

---

① 龙鹤菜：大概是蘁（zàn）菜，是一种野菜。

② 东坡先生：北宋著名文学家苏轼。

③ 元祐：宋哲宗赵煦的年号（公元1086—1094年）。

④ 里人：同一乡里的人。

⑤ 箸（zhù）：筷子。

⑥ 见忆：想到我。

⑦ 耶：古时的疑问词，吗；呢。

⑧ 直：正当。

⑨ 玉堂：宋太宗诗有"翰林承旨贵，清净玉堂中"之句，自此，玉堂即代称翰林。苏东坡那时任翰林学士，故称"直玉堂"。

⑩ 羞：进，这里作"吃"解。

⑪ 太官羊：御厨房烹调的羊。太官，管理皇帝饮食的机构。

⑫ 故山：故乡。

⑬ 尚：还。

⑭ 云尔：这样说。

⑮ 旧朋友：史彦明。

⑯ 万里：指苏与史相隔之远。

先生高世人①,独恨不早归②。

坐③令龙鹤菜,犹愧首阳薇④。

【按】这首五古是在乾道九年的十二月作的。诗人借苏轼的龙鹤菜帖抒发自己的感慨,这叫"借题发挥"。借题发挥的"题"往往是很小的、微不足道的,而所发挥的思想却是很大的、很深的。《红楼梦》第三十八回评宝钗的《螃蟹咏》说:"这些小题目,原要寓大意思,才算是大才。"陆游也就是这样的大才。至于苏轼是否贪图做官而不回到故乡、伯夷叔齐的行为对不对,那是另外一个问题,我们不必在此深究,因为陆游只是借题发挥而已。从这首诗来看,陆游对不能实现志愿感到十分失望,对做迎送上级的州官感到厌倦,他想回乡务农了。

【译】

东坡先生任翰林学士的辰光,

天天吃的是御厨供应的羔羊。

---

① 高世人:清高(高尚)超过世上的人。

② 不早归:没有很早就回乡。苏东坡宦海浮沉、南北奔波,死在常州,事实上没有能够回到四川老家。

③ 坐:因此。

④ 首阳薇:周武王(姬发)伐殷纣,伯夷、叔齐两弟兄拦住马头,说这是"以暴易暴",武王不听;后来殷亡,伯夷、叔齐"耻食周粟"(以吃周朝的粮食为可耻),隐于首阳山(在山西),采薇(野菜)而食,饿死。陆游说,首阳薇能陪伴伯夷、叔齐到死,而龙鹤菜却不能,因而使龙鹤菜感到惭愧;实际是说,伯夷、叔齐作为殷人,能够抗周到底,而苏轼既不能行其志,又不能回乡自甘淡泊,不如夷齐;暗示自己有抗金到底的决心,却不能实现志愿回乡务农。

为什么做梦到了故乡,
醒来还似乎有龙鹤菜的清香。
对春天的蔬菜都这样念念不忘,
对旧时的朋友当然更加思量。
万里寄信不顾公务繁忙,
殷勤地问候老友的身体是否健康。
你先生的品德比世人高尚,
只恨你不曾早归故乡。
因此使峨眉山的龙鹤菜,
在首阳山的薇菜面前感到脸上无光。

卷五

苦笋

藜藿①盘中忽眼明,骈②头脱褓③白玉婴④。

极知耿介⑤种性别⑥,苦节⑦乃与生俱生⑧。

我见魏征⑨殊媚妩⑩,约束儿童勿多取。

人才自古要养成,放使干霄⑪战风雨⑫。

【按】宋孝宗淳熙元年甲午(公元1174年)二月,陆游离开嘉州仍还蜀州,以通判摄州事,时年五十岁。这首七古就是在那年春天写的。诗人以苦笋比作人才,笋要适当留下才能长成竹子作为材料,人才要好好培养(家庭、社会、国家)才能使国家有人才可用,有了人才还要放手让他们去

---

① 藜藿(huò):野菜。

② 骈(pián):成双成对的。

③ 褓:包裹婴儿的小被子,这里指笋壳。

④ 白玉婴:这里指剥去了壳的笋。

⑤ 耿介:有骨气。

⑥ 别:别样,不同。

⑦ 苦节:既是苦笋,则笋节当然也是苦的,这里喻指人的节操。

⑧ 与生俱生:同生命同时生长(出生)。

⑨ 魏征:唐初的大臣,性耿直,多次向唐太宗李世民进谏。

⑩ 媚妩:妩媚,美好,漂亮。为押韵而倒装,这里指魏征的品格高尚。

⑪ 干霄:直冲云霄,这里指竹子很快地往上生长,比喻人志在凌云。干,干犯。

⑫ 战风雨:竹子在风雨中成长,比喻人在险恶的环境中奋斗。

干，在斗争中经受锻炼和考验，才能使人才发挥应有的作用。陆游没有说出来的是，南宋政府恰恰就是不肯培养人才而是摧残人才，有了人才也搁在一边不去发挥其作用。

【译】

看着野菜盘中，我的眼睛忽然亮了，

并排的两支苦笋像一丝不挂的宝宝。

我很知道你有骨气，与他种不同，别有情怀；

你与生俱来的是不畏苦难的节操。

我认为魏征的品格是非常的好，

约束孩子不能把竹笋多刨。

人才要从小培养才能成为好料，

要放手使他战胜风雨直冲云霄。

小宴

洗君鹦鹉杯①，酌我蒲萄②醅。

冒雨莺不去，过春花续开。

英雄漫青史③，富贵亦黄埃④。

---

① 鹦鹉杯：用鹦鹉螺的壳所做的酒杯，奇丽可玩。一说，碧金鹦鹉杯和白玉鸬鹚勺是仙人的酒具，要喝酒，杯子会自己飞到你的嘴边，杯中的酒干了，酒勺会自己把酒舀入杯中。这里是说，用珍贵的酒杯，要喝得尽兴。

② 蒲萄：葡萄。

③ 英雄漫青史：这句是说，即使你是英雄，也不过在青史上留个名而已。漫，徒然。青史，上古时没有纸张，在竹简上记载史事，称为"青史"。

④ 富贵亦黄埃：这句是说，即使你是个富贵人，也要化作黄泥。黄埃，黄泥。

今夕湖边醉,还须秉烛回①。

【按】这首五古是在淳熙元年夏初所写。可以看出,陆游不仅对现实不满,而且对前途不抱希望,借酒浇愁,自我麻醉。难道陆游已经灰心到不可挽救了吗?当然不是,这不过是愤懑之语。读者必须注意,消极主义的思想,哪怕是一刹那也是不应该有的。

【译】

洗好你的鹦鹉杯,倒上我的葡萄醅;
要喝得尽兴呀,一杯一杯又一杯!
黄莺冒雨在歌唱,晚花春过仍续开;
要玩得尽兴呀,快听快赏快开怀!
英雄又怎样?青史留个空名在;
富贵又怎样?到头来是黄土一堆!
今天同你在湖边尽兴醉一醉,
喝到晚可以点着灯笼把家回。

野饭

薏实②炊明珠,苦笋馔③白玉。

---

① 还须秉烛回:这句是说,要玩得尽兴。秉烛,拿着蜡烛。白天玩不够,一直玩到晚上,所以要手拿蜡烛。

② 薏实:薏苡(yǐ)的果实,叫薏仁米,俗称西米。

③ 馔:饮食;作菜。

轮囷劚①区芋，芳辛②采山蔌③。

山深少盐酪④，淡薄至味⑤足。

往往八十翁，登山逐奔鹿。

可怜城南社⑥，零落⑦依涧⑧曲。

面余作诗瘦⑨，趋拜⑩尚不俗⑪。

病夫益倦游⑫，颇愿老穷谷⑬。

是家吾所慕，食菜如食肉。

时能唤邻里，小瓮酒新漉⑭。

---

① 劚（zhú）：砍。

② 辛：辣。

③ 蔌（sù）：野菜。

④ 酪：浆，乳。这里指"猪油"，从下句"淡薄"两字可知（少盐则淡，少油则薄）。

⑤ 至味：最好的味道。

⑥ 城南社：城南人家，指杜甫后裔。城南，杜秀才的远祖杜甫家住长安城南少陵，自称少陵野老或杜陵布衣，如《哀江头》有句云，"少陵野老吞声哭，春日潜行曲江曲。……欲往城南望城北"。社，古时以二十五家为一社。

⑦ 零落：飘零散落。

⑧ 涧：山泉。

⑨ 作诗瘦：李白有《戏赠杜甫》云："饭颗山头逢杜甫，顶戴笠子日卓午。借问别来太瘦生？总为从前作诗苦"。这里指杜秀才很瘦，又是杜甫后裔。

⑩ 趋拜：这里作"待人接物"解。

⑪ 俗：粗俗。

⑫ 倦游：对做官感到厌倦。游，宦游。

⑬ 老穷谷：终老在荒僻的山谷，指杜秀才所居的地方。

⑭ 漉：压榨酒糟，使之出酒。

何必杯故乡，下箸厌雁①鹜②。

（原注③：杜氏自谱，以为子美下硖，留一子守浣花旧业，其后避成都乱，徙眉州大垭，或徙大蓬云。）

【按】这首五古是在前诗不久之后所写。诗人也许是由于察访民情，也许是由于探奇访胜，住在荒山中的杜秀才家。杜秀才很穷，连大米也没有，招待他的是缺盐少油的野菜，诗人对此不仅不见怪（一般州官即使不大发雷霆，至少也食不下咽了），反而羡慕这种生活，要想终老于此，这固然是诗人甘于贫贱的思想所致，更重要的是诗人厌倦了官场生活，认为尔虞我诈的官吏不如纯朴的山民。诗人对杜甫后裔零落洞曲颇有感慨，一方面是对杜甫的景仰；另一方面是发出野有遗贤之叹，暗示朝政的败坏。至于他是否忘记了故乡，当然不是，说这样的话不过是为了强调"是家吾所慕"而已。

【译】

像明珠一般的是薏米饭，像白玉一般的是苦笋菜。

圆滚滚的是小芋头，又香又辣的是山上挖来的野菜。

深山里少盐缺油，虽然淡薄，味道却十分美。

---

① 雁：大雁。

② 鹜（wù）：鸭子。

③ 注：这一段自注是说：杜秀才的家谱上写，杜甫出川，留下一个儿子守成都的浣花草堂的产业，他的后代因避成都的战乱，迁移到了眉州的大垭，或者迁到大蓬苡。因为没有文献证明，故陆游说是"自谱"。子美，即杜甫。下硖，指杜甫出川。浣花旧业，指杜甫在成都城西筑的浣花草堂。徙，迁移。

八十岁的老翁往往健康非凡，登山越岭奔逐把鹿追。

主人是谁？是好客的杜秀才。

可怜诗圣杜甫的后裔，飘零流落在这山涧弯弯。

辛苦作诗骨格清瘦还有祖上的风采，待人接物也不像是庸俗之才。

有病在身对做官更加厌倦，很想终老在这穷谷涧畔。

他家的生活是我所喜欢，吃蔬菜好像吃鱼肉一般。

常常能够招呼邻居同饮，小缸里新压的酒常满不干。

为什么老想着故乡，大雁鸭子吃厌了也不过这般。

病酒①新愈，独卧苹风阁②戏书

用酒驱愁如伐国③，敌虽摧破吾亦病。
狂呼起舞④先自困⑤，闭户垂帷真庙胜⑥。
今朝屏事⑦卧湖边，不但心空兼耳静。

---

① 病酒：因喝酒而生的病，如呕吐、头眩等。
② 苹风阁：在蜀州东湖边。
③ 伐国：征伐别的国家。
④ 舞：挥舞，舞弄，不是指舞蹈。
⑤ 自困：使自己处于困境。
⑥ 庙胜：庙算的胜利，即在朝决策的胜利。庙，廊庙，即朝廷。刘项争战时，刘邦的主要谋士张良"运筹帷幄之中，决胜千里之外"，即在营帐中的策划能决定千里外的胜负。此诗第三、第四句用的是东晋志士祖逖（tì）"闻鸡起舞"的典故。祖逖渡江北伐，收复失地很多，因朝内有人阻挠未竟志而没，而张良却帮助刘邦统一了天下。陆游用此两典，寄慨颇深。
⑦ 屏事：屏除公务，因病才好。

自烧沉水①瀹②紫笋③,聊遣森严配坚正④。

追思昨日乃可笑,倚⑤醉题诗恣⑥豪横。

逝⑦从屈子⑧学独醒,免使曹公怪中圣⑨。

(原注:紫笋,蒙顶之上者⑩,其味尤重。)

【按】这首七古是在淳熙元年端午节后所作。陆游借酒寄兴,有三层意思。第一层意思是说,酒不可多喝,喝醉了有损健康,喝茶有好处。第二层意思是说,驱愁是不利的,光有激情无济于事,要沉着策划才能取得胜利。第三层意思是说,不要随波逐流,要洁身自好,头脑清醒。由此可见,陆游的思想认识已经有了一个飞跃,他已渐趋成熟,这年正好五十岁,是"知命"之年了。但是,他的这种思想是不稳定的。事实证明,以后还要有反复。

---

① 沉水:沉香,这里指好的木柴。

② 瀹(yuè):煎茶。

③ 紫笋:陆游自注是一种味很浓的茶。

④ 聊遣森严配坚正:这句是说,现已病愈不再喝酒,再喝杯浓茶使头脑更加清醒,并有自我批评的意思。森严,指茶。坚正,坚定清正,"用酒驱愁"则志不坚,饮酒而醉则行不正。

⑤ 倚:借。

⑥ 恣(zì):放纵。

⑦ 逝:死,这里同"誓"。

⑧ 屈子:屈原。屈原认为众人皆醉我独醒。

⑨ 中圣:因喝好酒而醉。曹魏时酒禁很严,不敢说"中酒"而用暗语"中圣"代之。中,感受;为……所击中。圣,圣人,代指酒精浓度很高的酒(贤人则指低度酒、浊酒)。

⑩ 蒙顶之上者:蒙顶山茶叶中的上品。

【译】

用酒驱愁好比打仗杀敌,

打垮了敌方也损伤了自己的实力。

大喊大叫挥舞刀剑自己先要喘息,

关门下帘策划作战真是胜得安逸。

今朝不管公事独自卧在湖边,

心里清爽耳很清静不比从前。

沉香做柴紫笋佳品自己动手来煎,

浓茶森严心地坚正相配十分自然。

今日回想不免好笑烂醉的昨天,

借醉题诗放纵豪横逞强争先。

众人皆醉我独醒誓学屈原前贤,

不要使曹公怪我喝醉酒装疯癫。

九日试雾中僧所赠茶

少逢重九事豪华①,南陌②雕鞍③拥钿车④。

---

① 少逢重九事豪华:陆游年少时因"喜论恢复"而屡试不第。年三十,在故乡山阴"好结中原豪杰,以灭虏自誓",每逢重九,与陈鲁山、王季夷等名士同游,壮志凌云。这两句诗讲的是当时的情景。重九即九月九日,为重阳节。

② 南陌(mò):田间小路,南北曰"阡",东西曰"陌"。这里指在山阴城南禹迹寺一带。

③ 雕鞍:彩绘的马鞍,代指马。

④ 钿(diàn)车:指螺钿装饰的车子。

今日蜀州生白发，瓦炉独试雾中茶①。

【按】这首七绝是淳熙元年重阳节所作。陆游回想青年时与朋友们意气相投，誓同抗金，一晃二十年过去了。同是重阳节，却在蜀州品茶，壮志未遂，不胜感慨。"雕鞍""钿车"等是诗词中的常用语，并不是说陆游当时很阔气。

【译】

年轻时，逢重阳，喜欢豪华。

游城南，驾骏马，同坐钿车。

到今日，在蜀州，头发已花。

用瓦炉，独自试，雾中好茶。

夜食炒栗有感

（漏舍②待朝，朝士③往往食此）

齿根浮动叹吾衰，山栗炮④燔⑤疗夜饥。

---

① 雾中茶：蜀山多雾；雾中所产的茶叶其质量较好。

② 漏舍：漏，指漏壶，古时的计时器。铜制，以漏水的多少来计算时间，俗称铜壶滴漏。古时由宫门郎两人掌管宫门的钥匙，漏壶中的水"夜漏尽"，就敲鼓开宫门。由于计时器的落后，报时很不标准，百官上朝怕误时，就提前来到宫门外等候开门，为此特设一座待朝的房屋让百官休息，这所房屋就叫"漏舍"。

③ 朝士：待上朝的官员。为节约时间，上朝的官员们不吃早饭，带些炒栗在漏舍中边等边吃。

④ 炮：烘烤，旺火炒。

⑤ 燔（fán）：烤。

唤起少年京辇①梦，和宁门②外早朝来。

【按】淳熙元年十月，陆游改调摄知荣州（荣县），十一月到任。这首七绝是在改调前赴成都述职期间所作。诗人想到年轻时能直接向皇帝建言，而现在只能向府尹述职，同样是夜食炒栗，却不免有今昔盛衰之感。

【译】

牙齿活动，唉，衰老已经来到，

晚上肚子饿，炒点山栗吃个饱。

唉！唤起我年轻时做京官的梦，

那时也吃炒栗，在和宁门外漏舍待上朝！

---

① 京辇（niǎn）：首都的官车。辇，古时用人拉的车子。
② 和宁门：据《武林旧事》记载，是南宋皇宫的北门。

卷六

宿彭山县① 通津驿,大风,邻园多乔木,终夜② 有声

"木欲静,风不止。子欲养,亲不留。"

夜诵此语③涕莫收。

吾亲之没④今几秋⑤,尚疑舍⑥我而远游。

心冀⑦乘云反⑧故丘⑨,再拜⑩奉觞⑪陈膳羞⑫。

陶盎治米⑬声叟叟⑭,木甑炊饼香浮浮。

---

① 彭山县:今四川彭山,在成都去荣州的途中。

② 终夜:一夜到天亮。

③ 此语:指前两句话,出自《韩诗外传》。

④ 没:死去。

⑤ 几秋:几年,为押韵而用"秋"字。陆游的父亲陆宰卒于绍兴十八年(公元1148年),母亲唐氏卒于绍兴二十一年(公元1151年),写此诗是在公元1174年。

⑥ 舍:抛弃,离开。

⑦ 冀:希望。

⑧ 反:返回。

⑨ 故丘:故乡。丘,小山。

⑩ 再拜:拜几拜,古时子女对父母要行跪拜之礼。

⑪ 奉觞(shāng):恭敬地递上酒杯。觞,酒杯。

⑫ 羞:珍馐,美味的食物,这里指菜。

⑬ 治米:用碗把米从陶盎中舀出来。治,整办。

⑭ 叟叟:象声词,舀米声。

芼姜①屑桂②调甘柔，稚鳖③煮臛④长鱼⑤鱐⑥。

夜敷⑦枕席视衾⑧裯⑨，晨起熏笼⑩进衣裘。

哀乐此志终莫酬⑪，有言不闻九泉⑫幽。

北风岁晚⑬号松楸⑭，哀哉万里为食谋⑮。

【按】这首七古是陆游从蜀州赴荣州途经彭山时所作。诗人从风吹乔木想到双亲久亡，生前未能多尽孝心，感到内疚，感到悲伤，故写此以寄托自己的哀思，虐待父母者读此书，如略有入心，宁不惭愧？从押韵来说，此诗除所引的"木欲静……"之外，每句都押韵，这是学的汉诗，也是此

---

① 芼姜：姜丝。

② 屑桂：桂皮碎屑。

③ 稚鳖（biē）：小甲鱼。

④ 臛（huò）：肉羹。

⑤ 长鱼：一般指鳝，但鳝本制成干鱼；也许是"面长鱼"，多制成干鱼，但面长鱼体型很小，似无切下鱼尾的必要；那么，或许是带鱼，但带鱼是海鱼，这里似指河鱼。因而，长鱼即一般的鱼，与鳖（团鱼）相对而言。

⑥ 鱐（sōu）：古字，干鱼尾。

⑦ 敷：铺开。

⑧ 衾（qīn）：被子。

⑨ 裯（chóu）：帐子。

⑩ 熏笼：木笼内放一火盆，用以烘衣。

⑪ 酬：报答，偿还。

⑫ 九泉：年终，古人认为人死之后在地下生活。

⑬ 岁晚：年终。

⑭ 号松楸（qiū）：使松楸发出号叫声。号，叫。楸，落叶乔木，古时以其材做棋盘。

⑮ 为食谋：即为谋食（为了寻饭吃）。

诗在艺术上的一个特点。

【译】

"树要静，风不停；子女要抚养，却留不住父母亲。"
晚上读到这句话，不禁涕泪零。
爹娘去世已久，年数记不清；
还疑惑他们是离我到远方去旅行。
心想总有一天会乘云再降临，
好恭恭敬敬奉上酒菜尽尽我的心。
缸里舀米发出了沙沙声，
香气满屋是木甑里把饼蒸，
姜丝桂屑调味还要烧得软烂甜津津，
嫩甲鱼做汤加上长鱼干炖得鲜味深。
晚上铺好枕席盖被下帐手脚轻；
早起把熏笼上烘暖的衣服进双亲。
悲伤啊，我乐于这样做的愿望没能实行，
讲话听不到啊，人间不通幽冥！
快到年终，松楸在北风中发出阵阵哀鸣，
万里奔波只为糊口，真令人伤心。

城上①

双双黄犊②卧斜阳，叶叶丹枫着早霜。

沙水③自鸣如有恨，野花无主为谁芳。

郫筒④味酽⑤愁濡⑥甲⑦，巴曲⑧声悲怯⑨断肠⑩。

赖有生平管城子⑪，不妨驱使⑫答风光。

又

濯锦⑬豪华梦不通⑭，岿然⑮孤叠乱山中。

---

① 城上：指荣州（今四川荣县）城上。

② 犊：小牛。

③ 沙水：流过沙的水，或在沙上流过，或在沙中冒出，或由沙中滴下。陆游是在城上，应是看到城外河水流过沙滩，由于有落差，便发出水声，即"自鸣"，物不平则鸣，因此说它"如有恨"了。

④ 郫筒：酒名。据说，郫县有郫筒池，池旁有粗大的竹子，凿去竹笋，把酒倒入，隔了两夜，酒香四溢，把竹子锯断，献给官府，叫郫筒酒。郫，郫县，在成都西北。

⑤ 味酽：味浓。

⑥ 濡（rú）：沾湿。

⑦ 甲：指甲或盔甲，按下句"断肠"来看，应作指甲解，但为何"愁濡甲"，费解。

⑧ 巴曲：四川歌曲。

⑨ 怯：缺乏勇气。

⑩ 断肠：古人认为悲痛万分会使肠子寸断。

⑪ 管城子：毛笔的别号。

⑫ 驱使：这里指挥笔写字。

⑬ 濯锦：濯锦江，即浣花溪，在成都，这里代指成都。

⑭ 梦不通：这里指想去成都连梦都做不成。

⑮ 岿然：高大。

行歌①满道知人乐，露积②连村见岁丰。

万瓦新霜扫残瘴，一林丹叶换青枫③。

鹅黄名酿④何由得，且醉杯中琥珀⑤红。

（原注：荣州酒赤而劲甚。鹅黄，广汉酒名。）

【按】这两首七律是在淳熙一年（公元1174年）十一月初所作。诗人描写了荣州的风光和物产，虽然荣州地僻人稀不如成都豪华，但看到人乐年丰也就足以自慰了。枫叶经霜而红，人生也要经历磨难才能更加坚强。沙水纵恨仍东流，野花无主仍自芳，为人也应追求前进，流芳于世。没有鹅黄酒可喝琥珀红，不能到成都去施展才能也可以在荣州干一番啊。

【译】

一双双小黄牛卧在地上沐浴着斜阳，

一株株丹枫的叶片上都带着早霜。

水流过沙滩发出声响好像在恨什么，

野花没有主人你为谁开得芬芳？

郫筒酒香味浓浓又怕沾湿了指甲，

四川歌曲声调悲伤怕会使人断肠。

---

① 行歌：边走边唱歌。

② 露积：露天堆积，这里指稻子。稻子本应进仓，因丰收，仓库里放不下，只能堆放在露天的草囤里。

③ 青枫：枫树叶子本是青色，经霜后转红。

④ 酿：酿造，这里指酒。

⑤ 琥珀：黄色透明的矿物，是远古时的松脂由于地壳变动经多少万年而成。

幸而我生平还有一支毛笔，

不妨写首诗来回答眼前的风光。

想去豪华的成都连梦也做不成，

只能独自来到高耸重叠的乱山中。

好的是满路歌声知道人们都很快乐，

村村有露天的草囤说明收成尚丰。

家家屋上有新霜扫尽了残留的瘴气，

一片枫林叶子已经转红。

鹅黄名酒到哪里去找？

且喝喝琥珀红醉人倒也相同。

喜雨

（五月二十二日）

黄尘赤日欲忘生，一夜新凉满锦城。

雨急骤增车辙①水，泥深渐壮②马啼声。

蚊蝇敛迹知无地，灯火于人顿有情③。

市远鸡豚④不须问，小畦⑤稀甲⑥已堪烹。

---

① 车辙：车轮轧过的痕迹，这里指泥路上的轮槽。

② 壮：这里指声音响而粗。

③ 灯火于人顿有情：天热时怕灯火，天凉快且暴雨天黑，故说灯火有情。

④ 豚：小猪。这里指猪。

⑤ 畦（qí）：菜畦，菜园中分成块的菜地。

⑥ 甲：从陆游的诗来看，应指有大叶片的蔬菜。

【按】十二月，范成大任四川安抚制置使，任命陆游为参议官，淳熙二年乙未（公元1175年）正月初十，陆游离荣州去成都，时年五十一岁。这首七律就是在这年的五月二十二日所作。由于苦热，诗人写了暴雨驱暑的喜悦。但是，问题并不仅止于此，诗人以暴雨驱暑比作范成大的到来，以车辙水满比喻自己可以有些小作为，以蚊蝇敛迹比喻小人难以在范成大的领导下存身，以灯火有情比喻自己看到了光明。陆游此时已经比较实际，他对范成大没有寄予奢望，这从"灯火""车辙""渐壮"等词语可知。

【译】
黄尘滚滚，赤日炎炎，热得不想再生；
倾盆大雨，下了一夜，凉气充满锦城。
雨急水多，淌不完车辙里的水；
泥深路滑，越来越响的马蹄声声。
蚊蝇绝迹，它们无地可以容身；
昏暗风凉，灯火顿时对人有情。
市场太远，买鸡买肉毫无可能；
小菜园里，蔬菜虽稀却已可煮烹。

试茶

苍爪初惊鹰脱鞲①,得汤已见玉花②浮。

睡魔③何止避三舍④,欢伯⑤直知输一筹⑥。

日铸焙⑦香怀旧隐,谷帘⑧试水忆西游。

银瓶铜碾⑨俱官样⑩,恨欠纤纤⑪为捧瓯⑫。

【按】这首七律是在淳熙二年夏天于成都所作。诗人赞美茶叶的质量很好,赞美茶叶的提神作用,认为酒不如茶,隐指要"逝从屈子学独醒"。诗人从当前的试茶又回想起在乡间自己动手窨茶和在谷帘泉试水的情景。同样是试茶,但时间、地点、境遇不同了,过去能自己烘茶(这是很艰苦的

---

① 鞲(gōu):打猎人的臂套,皮革制成,让猎鹰站在上面。发现猎物时,放鹰,叫作脱鞲,鹰爪本来蜷曲,脱鞲后张开,准备抓猎物。这句是形容茶叶的色和形。

② 玉花:指茶沫。

③ 睡魔:神话认为睡魔袭来使人要睡。

④ 舍:三十里为一舍。晋公子重耳逃亡在外,到楚国,楚君招待他,问他怎么报答,重耳说:"如果将来晋楚打仗,我让你三舍。"

⑤ 欢伯:酒的别号。

⑥ 筹:筹码,用以计算胜负。

⑦ 焙:烘。陆游在乡居时曾自己烘茶窨(xūn)花,可见日铸茶是一种花茶。

⑧ 谷帘:谷帘泉,在江西星子县西康王谷中,茶圣陆羽品尝后认为其是"天下第一"。陆游于公元1165年去南昌时曾试过谷帘泉。

⑨ 碾:碾子,用以碾轧的器具。看来,当时是把茶叶碾碎后煮的,这与今天大不一样了。

⑩ 官样:官造的式样,指高级品。

⑪ 纤纤:女子的手,指丫头。

⑫ 瓯(ōu):茶杯。

劳动，技术要求也很高），而现在却懒得端茶。可见自己是老了，意志在衰退了。

【译】

　　这种茶叶像苍鹰刚张开的爪钩，
　　滚水冲下茶沫已像玉花般漂浮。
　　睡魔吓得远逃何止退避三舍，
　　美酒完全明白要输给佳茗一筹。
　　日铸茶窨得好香，对昔日隐居怀念不休，
　　谷帘泉试水真妙又回忆起江西之游。
　　银瓶铜碾都是官造式样品质很优，
　　只可惜无人端上茶杯缺少一个丫头。

成都书事

　　剑南①山水尽清晖②，濯锦江边天下稀。
　　烟柳③不遮楼角断，风花时傍马头飞。
　　芼羹④笋似稽山⑤美，斫脍鱼如笠泽⑥肥。
　　客报城西有园卖，老夫白首欲忘归。

---

① 剑南：指四川剑阁以南的地区。

② 晖：光。

③ 烟柳：柳色如烟，这里指嫩柳。

④ 芼羹：菜和肉同煮的羹。

⑤ 稽（jī）山：会稽山。在浙江绍兴东南，这里指陆游的故乡。

⑥ 笠泽：太湖，一说为松江，这里似以指松江为妥。

【按】这首七律是公元1175年岁暮在成都所作，也许这年有闰月，所以已是早春天气。诗人赞美成都的景色，满意成都的饮食，流露出不归故乡的思想。他的诗集称为《剑南诗稿》，也就是表示不忘剑南的意思。

【译】
处处山明水秀，剑南真是好地方；
景色天下少有，我来到濯锦江旁。
条条嫩柳，并不把楼角掩藏；
片片飞花，常靠近马头徜徉。
像山阴的美味，是冬笋肉丝菜汤；
像松江的水产，鱼肉肥嫩似脂肪。
有人告诉我，城西有愿卖的园子草堂；
我这白发老儿，有点儿不想回到故乡。

自警

乳烹①佛粥②遽③如许，菜簇④春盘行及时⑤。
草木欣欣渠⑥得意，乾坤⑦浩浩我何私。

---

① 乳烹：粥煮好后和入牛乳（或人乳），是一种冬令补品。
② 佛粥：素粥；白粥。
③ 遽（jù）：仓促，急促。
④ 簇：聚成一团。
⑤ 行及时：行乐及时，这里指要吃时鲜菜。
⑥ 渠（qú）：他。草木经冬而枯，但生机仍在，到春天又欣欣向荣，诗人想象草木会因战胜风雪重新发展而得意。
⑦ 乾坤：天地。

怀材所忌多轻用①，学道②当从不自欺③。

旦④暮置规⑤君勿怪，修身三省⑥自先师⑦。

【按】这首七律是在写过前首不久后所作，是对自己的警戒。诗人从饮食起兴，他说：佛粥本是吃素，倒了这么多牛奶岂非自欺欺人；菜要时鲜才好吃，过时的东西当然不受欢迎。从蔬菜又联想到草木，草木冬枯春荣。那么，人民纵然历经苦难，生机也是不会断绝的，总有扬眉吐气的一天。草木枯荣是天地的作用，天地对万物无私，自己为何要存私心。天地无私，而当权者忌才不用有私心，面对这种情况，自己还是应该不自欺欺人而照规矩办事，每天想一想是否不忠、不信、不习，始终坚持孔子的教导。从饮食之微到天地之大，从天地之公而到为人之正，小中见大，由小及大，这样的诗就有很高的价值。

---

① 轻用：不肯重用。

② 道：指孔孟之道。

③ 不自欺：孔子说过："吾谁欺，欺天乎？"就是说，不能欺骗人。

④ 旦：早晨。

⑤ 置规：按正道办事，不走歪门邪道。

⑥ 三省：孔子的学生曾子说过："吾日三省吾身，为人谋而不忠乎？与朋友交而不信乎？传不习乎？"就是说，为人办事要忠心，与朋友交往要有信用，功课要温习。

⑦ 先师：已亡故的老师。但是，在古时，先师是一个专门用语，只指孔子，曾子只能称为先贤，也许陆游记错了，或为押韵而用了"师"字，或认为曾子是从孔子那里学来的，从根本上说每天反省三次是孔子的思想。先，已故者。

【译】

白粥加上牛奶,一下子倒得太多;
盘里堆满蔬菜,吃的是时鲜货。
草木又欣欣向荣,在唱得意歌;
天地伟大公平,我却存私心为何。
怀才不被重用,妒忌往往偏颇;
不要自欺欺人,是学道的先河。
早晚按规矩办事,请不要怪我;
修身要一日三省,孔子早已做过。

卷七

食荠

日日思归饱蕨薇①,春来荠美忽忘归。

传夸真欲嫌荼②苦,自笑何时得瓠③肥。

又

采采珍蔬不待畦④,中原正味压莼丝⑤。

挑根择叶无虚日,直到开花⑥如雪时。

又

小着盐醯⑦助滋味,微加姜桂发精神。

风炉歙钵穷家活⑧,妙诀⑨何曾肯授人。

【按】这三首七绝是在淳熙三年丙申(公元1176年)三月下半月所作,陆游时年五十二岁。他强调荠菜好吃,这固

---

① 这里指生活清苦。

② 荼(tú):苦菜。

③ 瓠(hù):瓠子。

④ 采采珍蔬不待畦:这句指荠菜是野生的,不须菜畦。采采,萋萋。

⑤ 莼丝:莼菜。莼菜表面有黏液,滑腻白亮如蚕丝,故称莼丝。

⑥ 开花:指荠菜开花则老而不可吃。

⑦ 醯(xī):古今各字典都解释为"醋",这在一般情况下是对的;但在宋时已出现了"醋"字,笔者根据陆游的诗细加推敲,发现是一种较为稀薄的酱,从这首诗也可看出是酱而不是醋。

⑧ 穷家活:穷苦人家的生活。

⑨ 诀:窍门。

然是事实。另外，他是暗指草野之中（民间）遍地才俊，只要善于发现和使用，比只顾私利的官员们要强得多。

【译】

生活苦点不算啥，天天要想回老家。
忽然之间春天到，忘归只因荠菜佳。
荼菜显得更加苦，荠菜味美人人夸。
自笑有点心不足，何时肥烂像瓢瓜。

又

珍品蔓蔓遍地有，不用种植像野菜。
中原正味要算它，莼菜似乎比它差。
天天挑根又拣叶，忙煞老人和小娃。
直到开花白如雪，那时只好不吃它。

又

略略放点盐和酱，姜丝桂屑稍稍加，
烧出特别有滋味，荠菜特点分外佳。
莫要小看穷家活，风炉歙钵作生涯，
烧得好吃有妙诀，不教你来不教他。

野意

小东门①外曳②筇枝③，白葛④乌纱自一奇。

闲客逍遥无吏责⑤，茂阴清润胜花时。

茶经⑥每向僧窗读，菰米⑦仍于野艇炊。

便觉眼边归路近，镜湖⑧禹庙⑨见参差⑩。

【按】这首七律是陆游罢官后所作，时间是在初夏。这首诗与隐居者的闲适诗不同，表面上似乎写得宁静淡泊，其实心情很不平静。诗人出小东门，一路行来，经过树林，进寺庙，读了一回茶经，读不下去，又到野舟煮菰米，吃不下去，想到了故乡的情景，思潮起伏，哪里有一刻的闲呢！诗人说，闲客逍遥，正是不逍遥？树叶比花好，正是不如有花好。伤心者会哭，不哭反而笑，正是伤心到极点的表现。

【译】

小东门外，我拿根竹杖在闲游；

---

① 小东门：成都的城门。

② 曳（yè）：拉，拖。

③ 筇（qióng）枝：竹杖。筇，一种粗节细杆的竹子，可作手杖。

④ 白葛：白色的葛布衣服。葛，葛布。

⑤ 无吏责：三月，陆游被劾"恃酒颓放"而免官，所以说"无吏责"，他正在等待处理，故自称"闲客"。

⑥ 茶经：唐代陆羽对种茶、制茶、品茶很有研究，著《茶经》三卷。

⑦ 菰米：茭白的实，也叫雕胡米。

⑧ 镜湖：鉴湖，又名长湖，在绍兴市南。

⑨ 禹庙：禹迹寺，在绍兴城南。

⑩ 参（cēn）差（cī）：长短不齐。

白葛衣，乌纱帽，真是奇怪的一景。
无官一身轻，闲客倒也逍遥自由；
树叶茂密，比有花时显得清幽。
读读茶经，寺庙窗下情思悠悠；
煮煮菰米，又来到湖边的野舟。
回乡的路近了，暂时在此逗留；
镜湖啊，禹庙啊，一一在眼前飘浮。

寺楼月夜醉中戏作

……

水精①盏映碧琳腴②，月下泠泠③看似无。
此酒定从何处得，判知不是文君垆④。

……

【按】这首七绝也是闲居时所作。从此诗可以知道，当时已经有透明度很高的酒，色泽微青，看来是用蒸馏法制作的。诗人以透明的杯子和透明的酒暗示自己胸无积滞、心地光明。

---

① 水精：水晶。
② 碧琳腴：酒名，青色。
③ 泠泠：清凉。
④ 文君垆：汉时卓王孙之女卓文君新寡，窃听大才子司马相如弹琴，与相如私奔，到外地去开一小酒馆，文君在柜台内卖酒，称为"文君当垆"。陆游在寺楼饮酒，戏称不是文君垆。因为庙中和尚不应娶妻。

【译】

水晶杯倒入碧琳腴,都是透明的;

在清凉澄澈的月光下,一片空灵。

这种酒到何处去找寻,

不是从卓文君那里弄来,可以肯定。

饭罢碾茶戏书

江风吹雨暗衡门①,手碾②新茶破睡昏。
小饼③戏龙④供玉食⑤,今年也到浣花村⑥。

【按】这首七绝也是在闲居时所作。诗人写了自己的困境,罢官后只好住到乡村,也写了闲居的无聊。诗人还以茶自喻,这样好的茶叶本应作为"玉食"却流入乡村,自己本应在官府办事却流落乡村。所谓"戏",是一种掩饰和自宽自解,其实内心是十分沉重的。

---

① 衡门:横木为门,表明房屋简陋。

② 手碾:"试茶"一首有"铜碾",此首又说"手碾",看来确实是把茶叶碾碎后煮的。

③ 小饼:茶饼,如现在的云南沱茶。

④ 戏龙:茶饼表面铸压出龙的图案。

⑤ 玉食:高级商品,指供王侯及高级官吏消费的商品。

⑥ 浣花村:成都城西有浣花溪(一名"百花潭"),唐代诗人杜甫曾筑宅于此,所谓"浣花草堂"(万里桥西宅,百花潭北庄),这一带就称为"浣花村"。陆游罢官后也许就住在这里,或者以浣花村代表他闲居的乡村。

【译】

江风吹来急雨，陋室更加黑沉沉。

动手碾碎新茶，好破除睡意昏昏。

画着双龙戏珠，茶饼本应供贵人；

不知什么缘故，它竟来到浣花村。

卷八

寺居睡觉

……

心地安平晓梦长，忽闻鱼鼓①动修廊②。
披衣起坐清羸③甚，想像云堂④䈞粥⑤香。

（原注：僧杂菜饵之属作粥，名䈞粥。）

【按】陆游闲居了几个月，于公元1176年六月，得报"奉祠桐柏"，就是说，他在名义上主管台州桐柏山崇道观，但不须赴任，不过以此名义"食禄"（拿工资），这是宋朝优待罢职官员的一种特别的做法。因此，陆游从此可以拿干薪而不做事，好像一个在家等待分配的干部，除了有时陪陪范成大游宴做诗外，大部分时间是闲居无事的，或者读读书，或者到道观僧寺中去走走，交几个道士、和尚做朋友。

这首七绝是淳熙四年丁酉（公元1177年）早春所作，写的是住在庙中的情况。他说"心地安平"，若真的如此，为什么有做不完的梦呢？为什么这样清瘦呢？在下一首的

---

① 鱼鼓：寺庙中当吃斋（开饭）时要撞击鱼鼓以通知全寺和尚；所谓鱼鼓，是一段粗壮的木头刻成鱼形，挂在长廊上。

② 修廊：长廊。

③ 羸（léi）：瘦弱。

④ 云堂：庙中的食堂。

⑤ 䈞（fǒu）粥：就是一锅煮的杂菜粥。

《楼上醉书》中，他写道："丈夫不虚生世间，本意灭虏收河山；岂知蹭蹬不称意，八年梁益凋朱颜。三更抚枕忽大叫，梦中夺得松亭关。中原机会嗟屡失，明日茵席留余潸。……"由此可见，陆游虽闲居僧寺，却并未忘情于"灭虏收河山"，甚至梦见在前线作战。因而，我们读陆游的诗，不能光看表面字意，还要探索他的内心想法。

【译】

……

没有胡思乱想，天亮还在梦乡。
忽然鱼鼓敲响，声音响彻长廊。
只好披衣起坐，自觉清瘦异常。
想象云堂里面，焦粥一定好香。

小憩长生观饭已遂行

清绝长生观，再游疑后身①。

---

① 再游疑后身：公元1174年，陆游自蜀州改调摄知荣州，取道青城，曾游长生观，作《长生观观月》一诗，当时是在职官员，现在已成闲客，陪范成大来，好像是两世人了，故称："再游疑后身。"

人间空石劫①，物外②自壶春③。

道士青精饭④，先生乌角巾⑤。

回头增怅望，倦马扑征尘⑥。

【按】范成大虽与陆游志趣不同，并无收复失地的雄心，但总是一位正直的长官，与陆游是文字之交，彼此也还谈得来，对陆游也颇有关照。现在，范成大走了，陆游从成都一直送他到眉州，依依而别，今后来的长官能否还像范成大那样呢？不可知。对前途，陆游不免感到怅惘，重游长生观，不禁有隔世之感了。是马儿倦了吗？不是，是诗人自己倦了。

---

① 石劫：此句极为隐晦，何谓"石劫"？颇费揣摩。联系陆游的思想来看，似指石敬瑭之事。按后晋高祖石敬瑭（公元936—942年），为求契丹出兵击后唐，向契丹主耶律德光称臣，做"儿皇帝"，并割让"燕云十六州"，契丹由此强大起来，于公元937年改国号为"辽"。北方人民从此在辽、金等少数民族割据政权统治之下生活。追根溯源，是受石敬瑭之害，故称"石劫"。对于长生观的道士来说，人间空有石劫，与他们无关。南宋各代皇帝都像石敬瑭一样，丢弃了更多的土地，陆游不好直接指斥，故讦言"石劫"。

② 物外：世外。

③ 壶春：道家有"袖里乾坤大，壶中日月长"的说法，即壶中的春天。陆游认为，长生观远离人世，道士们不问世事，自己有春天（不是指自然界的春）之乐，但那是把自己关在小天地里，不值得赞许。

④ 青精饭：用南烛枝叶，捣汁浸米，蒸饭晒干，饭硬而色青，称为"青精饭"。据说，久服可使人长寿不老、面容转年轻。

⑤ 乌角巾：杜甫有"锦里先生乌角巾，园收芋栗未全贫"之句，指隐士的帽子。这里是陆游自指。

⑥ 征尘：远行的尘土。

【译】

长生观啊,清静之极,似乎长生。

物是人非,再次游历,好像成为两世人。

在人世间,石敬瑭的劫难,延续至今。

在人世外,这个小天地,却是长春。

长吃青精饭,道士们面色红润有精神。

宦海浮沉,我的乌纱帽换成了乌角巾。

回头再看一眼,怅惘更加添增。

马儿似乎也厌倦了这仆仆风尘。

卷九

饭罢戏作

南市沽浊醪，浮蚁①甘不坏。

东门买彘骨②，醯酱点橙薤③。

蒸鸡最知名，美不数④鱼蟹。

轮囷犀浦⑤芋，磊落⑥新都⑦菜。

欲赓⑧老饕⑨赋，畏破头陀⑩戒。

况予齿日疏，大脔⑪敢屡嘬⑫。

杜老死牛炙⑬，千古惩⑭祸败。

---

① 浮蚁：酒面上的泡沫。

② 彘（zhì）骨：猪排。

③ 薤（xiè）：像韭而中空的一种菜，鳞茎如小蒜，叫作薤白，可吃，也叫"藠（jiào）头"。醯酱里加点橙汁、薤泥，又香又酸，猪排蘸此来吃。

④ 不数：排不上号。

⑤ 犀浦：四川郫县，在成都西北。

⑥ 磊落：心地光明坦白，这里指蔬菜的新鲜挺拔。

⑦ 新都：在成都北。

⑧ 赓（gēng）：接续。

⑨ 老饕（tāo）：贪吃者。苏轼作《老饕赋》。

⑩ 头陀：和尚，特指行脚僧。和尚有八戒，其中包括不能喝酒吃荤。

⑪ 大脔（luán）：大块的肉，这里指猪排。

⑫ 嘬（zuō）：吮吸，这里指咬。

⑬ 牛炙：烤牛肉。据说，杜甫于唐大历五年（公元770年）四月，在耒阳，因吃县令送来的"牛炙白酒"而卒。

⑭ 惩：警惕，警戒。

闭门饵①朝霞②，无病亦无债。

【按】这首五古是在这年初冬所作，那时范成大已东归，期元质继任为四川安抚制置使兼知成都，陆游感到旧交日少，心情郁闷。陆游虽也时有宴会参加，但在家时往往素食，因经济条件不太好。这首诗写了许多美食，其实餐桌上一样也没有，他不说买不起，而是说怕破戒、怕咬不动、怕饮食中毒、还是吃素的好，既不生病又不借债，自我解嘲，故称为"戏作"。"破戒"这点不必谈，但饮食要注意健康，要根据自己的经济力量，这还是对的。

【译】

南市买浊酒，酒沫甜润喉。
东门买猪排，橙薤调酱油。
鱼蟹算不上，蒸鸡名最优。
芋头圆滚滚，犀浦独称尤。
蔬菜鲜嫩嫩，新都谁能比。
想续老饕赋，不觉口水流。
怕破头陀戒，只能就罢休。
况且牙齿少，咬肉便发愁。
杜老因何卒，白酒加烤牛。
千古有教训，应为健康谋。

---

① 饵（ěr）：这里作"吃"解。
② 朝霞：道家的修炼术。陆游在这一时期结识了一些道士和尚做朋友，因此用了道家术语。在这里不过说是像道士那样生活，即吃素而已。

还是不出门,吃素当珍馐。

无病也无债,倒也乐悠悠。

记梦

乌巾白纻①忆当年,抵死寻春②不自怜。

憔悴③剑南双鬓改④,梦中犹上暗门船⑤。

又

团脐霜蟹四腮鲈⑥,樽俎⑦芳鲜十载无。

寒月征尘身万里,梦魂也复醉西湖⑧。

【按】公元1177年十月,陆游得临安来的八月发出的通

---

① 纻(zhù):麻布,这里指衣服。又,吴歌名白纻。

② 春:可以有多种解释:一是指春天,即在春天拼命地玩,似不合;二是指酒,即拼命喝酒,但在四川也有酒可喝,又何必梦也似不合;三是指政治上的春天,即陆游在临安时曾有机会办理国家大事,力图施展自己的抱负,而不顾投降派的陷害,似较合。

③ 憔悴:面黄肌瘦。

④ 双鬓(bìn)改:指头发由黑而白,表示渐渐老了。鬓,耳旁的头发。

⑤ 暗门船:当时由四川下三峡的小船。

⑥ 四腮鲈:据说,天下之鲈都是两腮,只有松江(今属上海市)产的鲈鱼是四腮,品质最佳。晋张翰(季鹰),在洛阳做官,因秋风起,想到吴中菰菜、莼羹、鲈鱼脍,就辞官不做,回到老家。其实这是他的一个借口,因他看到政局不稳,做官危险,借此辞职。陆游在此暗用了张翰之典,表示不想在四川做官了。

⑦ 樽俎:酒菜。折冲樽俎,在宴席上制服敌人,或指在外交场合的取胜,或指在朝廷上的策划胜算。陆游暗用此典。樽,古代酒器。俎,古代放祭品的器皿。

⑧ 西湖:在浙江杭州。字面上看是梦到西湖宴饮,实际上是指醉心于在枢密院的那段经历。

知,任命他为叙州(今四川宜宾)知州,次年冬天赴任,这样一来,他的回乡希望就更加渺茫了,思乡之心就更深切。为什么他想回乡呢?因为他感到在四川并不能实现抗金杀敌的理想,那就不如回到临安去,也许还有一点机会。再说,他的年龄渐老,在体力上也不允许了。从记梦来说,先是梦上船,后是梦到西湖,梦境深入一层,思乡之情也就更深一层。另外,在暗用典故上,也颇有可采,说宋人的诗不含蓄,这是不准确的。

【译】

戴乌巾,穿白纻,回忆当年。
拼了命,去寻春,绝不自怜。
人憔悴,两鬓白,剑南忧煎。
想回乡啊,
睡梦中,还在上,下峡小船。
团脐蟹,霜后满,四腮鲈鲜。
得意事,樽俎间,一别十年。
寒冬里,尘满身,路隔万里。
真是想啊,
梦中魂,也醉倒,西子湖边。

卷十

归州重五①

斗舸②红旗满急湍，船窗睡起亦闲看。

屈平③乡国④逢重五，不比常年角黍⑤盘。

（原注：屈平祠在归州东南五里归乡沱，盖平故居也。）

【按】陆游对屈原是很景仰的，在归途中恰恰经过屈原的故乡秭归，又恰恰是纪念屈原自沉汨罗的端阳佳节，还恰恰看到龙舟竞渡，这不仅巧合而且很有意义。屈原的故乡沦陷于秦国，屈原被放逐而客死异乡，时隔一千四百多年，屈原故乡的人民仍在纪念屈原，可见爱国者是千古不朽的。现在，自己要回乡了，这当然是值得高兴的，但祖国的前途仍令人担忧，与那时的楚国是多么相像啊。陆游不禁感慨系之了。

【译】

急流中，龙舟竞渡，红旗招展。

睡初起，闲靠船窗，正好观看。

---

① 归州重五：淳熙五年戊戌（公元1178年），宋孝宗赵昚想到陆游入川已久，年龄也大了，就下令调回。二月，离成都东归，舟经眉州、五津、叙州、泸州、合江、涪州、忠州、万州、白帝、秭归。归州就是秭归，在湖北省。重五，即五月初五，是端阳佳节。

② 斗舸：赛船，"龙舟竞渡"的龙舟。

③ 屈平：屈原。

④ 乡国：秭归是屈原的故乡。

⑤ 角黍（shǔ）：粽子。

屈原故乡，逢端阳，非比寻常。

常年间，只不过，粽子满盘。

南烹

十年①流落忆南烹，初见鲈鱼眼自明。

堪笑吾宗②轻许可，坐令羊酪僭③莼羹。

【按】这首七绝是在淳熙五年五月底所作，地点在黄州到蕲（qí）州间的长江中。诗人在四川吃不到鱼，初次吃到鲈鱼，喜悦可知，既能吃到鲈鱼，那么，离家乡便越来越近了。

【译】

十年流落，老想吃江南的鱼腥；

今天第一次见到鲈鱼，眼睛忽明。

可笑我家祖宗陆云，评判不够公平；

因此羊酪的地位僭越了莼羹。

---

① 十年：陆游自乾道六年庚寅（公元1170年）五月离山阴赴蜀，到此时（公元1178年）已九年，十年是就成数而言。

② 吾宗：指晋初的陆云。

③ 僭（jiàn）：以下冒上，僭越。

归云门①

万里归来值岁丰,解装②乡墅③乐无穷。
甑炊饱雨湖菱紫,篾络④迎霜野柿红。
坏壁尘埃寻醉墨⑤,孤灯饼饵⑥对邻翁。
微官行矣闽山去⑦,又寄千岩梦想中。

【按】陆游东归临安,本想在朝廷上起些作用,但因佞臣在朝,且与右相史浩虽是故旧但观点不同,因而被外放福建。这样一来,他的两个愿望(在朝做事和归耕故乡)都落了空,不免十分失望。久别故乡而归来又只能小住,就更觉得故乡的可爱和小住的可贵。虽说是乐无穷,但其乐不久;虽说是乐无穷,但乐中有悲。重读旧词,面对邻翁,诗人无话可说,也不想再说,当前的情景即将成为未来的梦境,诗人真的是无可奈何了。

【译】

总算万里归来,正好遇到丰收。

---

① 云门:大概是绍兴城南离陆游所居乡村不远的一个地方。

② 解装:解除行装。

③ 墅:别墅。但在这里只作住宅解。

④ 篾络:江南一带用竹篾篓子装水果。

⑤ 坏壁尘埃寻醉墨:二十七年前,陆游曾在绍兴城南沈园遇前妻唐婉,题《钗头凤》词于壁间以抒恨,这句可能是指此事。

⑥ 饵:这里指糕饼一类的食品。

⑦ 微官行矣闽山去:陆游于七月到达临安,被孝宗召见,由于朝中无人,被外放为提举福建路常平茶盐公事,治所在建州(今福建建瓯)。九月,回山阴故里。这首七律就是在这时所作。

在乡墅打开行装，真是其乐无穷。

紫菱吃足雨水，香气出锅飘浮。

篾篓里装着野柿，经霜皮色变红。

坏壁尘封醉墨，重读勾起旧愁。

在桌上摆着糕饼，孤灯相对邻翁。

福建去做小官，家乡不能久留。

在那里千岩万壑，家乡仍在梦中。

比作^① 陈下^② 瓜曲^③，酿成奇绝，属病疡^④，不敢取醉，小啜^⑤ 而已

翠蔓扶疏^⑥采撷^⑦忙，曲生^⑧系出古淮阳^⑨。

踏成明月团^⑩团白，酿作新鹅淡淡黄。

---

① 比（bì）作：跟着别人做。

② 陈下：周初封舜之后胡公于陈，此酒方是胡基仲所传，故称陈下。陈，在河南开封到安徽亳县一带。

③ 瓜曲：用瓜做的酿酒原料。

④ 疡（yáng）：疮，这里陆游所指可能是胃溃疡。

⑤ 啜（chuò）：喝。

⑥ 扶疏：牵牵拉拉。

⑦ 撷（xié）：摘下。

⑧ 曲生：酒。

⑨ 古淮阳：在开封附近，即陈国故地。

⑩ 团：这种瓜大概要切碎踏烂，弄成一团。

醅瓮秋凄惊凛冽①，糟床②夜注爱淋浪③。

西斋④幽事⑤新成谱⑥，首为高人著此方。

（原注：酒方昔得之胡基仲。）

【按】十月，陆游冒着大雨离开故乡三山去福建上任，这首七律是在离乡前夕所作。从此诗，可以知道陆游还善于酿酒，并著有酒谱，遗憾的是，酒谱没有留传下来。至于这是用的什么瓜，诗人没有写明，笔者认为是南瓜（或称饭瓜）。南瓜不占耕地，若能以南瓜酿酒，可以节省耕地、节约粮食，有志于改革的有心人不妨试试。

【译】

绿色的瓜蔓牵牵拉拉，大家都在忙；

瓜曲酿酒的方法，出自古代淮阳。

踏成的瓜曲，像又圆又白的月亮；

酿出来的酒，色泽像小鹅般嫩黄。

冰冷的酒坛，在深秋里显得凄凉；

糟床在出酒，可爱晚上还在淋浪。

有什么雅事？西斋写成新的酒方；

要知道，高人胡君的传授岂同寻常。

---

① 凛冽：寒冷。

② 糟床：压酒的设备，压出的是酒，剩下的是糟。

③ 淋浪：指酒从糟床中流出的声音或情景。

④ 西斋：陆游的书斋。

⑤ 幽事：幽雅之事。

⑥ 成谱：把瓜曲酿酒的方法写成酿酒谱。

卷十一

建安雪

建溪官茶①天下绝,香味欲全须小雪。

雪花一片茶不忧,何况蔽空如舞鸥。

银瓶铜碾春风里,不枉年来行万里。

从渠②荔子③腴玉肤④,自古难兼熊掌鱼⑤。

【按】这首七古是陆游到达建州之后所作。诗人对建茶赞美不绝,可见福建的茶叶在宋时即已有"天下绝"的评价。但从"难兼熊掌鱼"的话来看,陆游似乎认为,要坚持抗战观点就不能在朝做大官,要做大官就只能放弃自己的观点而同流合污,两者不可兼得。他决定,宁可做与风雪战斗的建茶,也不做取媚杨贵妃的荔枝,尽管荔枝长得雪白丰腴。

---

① 陆游的职务是提举福建路常平茶盐公事,用现在的话来说,就是管理茶叶、食盐的官卖和常平义仓的粮食进出,是商业、粮食部门的主管官员。福建的产茶区有建州(建瓯)和剑州(南平),出产腊茶,品质好,制造精,尤其是建州东二十五里凤凰山麓的北苑龙茶,一向作为贡品。茶场多为官园,因此叫"官茶"。

② 从渠:跟在建茶后面的是荔枝。诗人是说,在建州,茶叶第一,荔枝第二。渠,指建安雪(茶叶)。

③ 荔子:荔枝。

④ 腴玉肤:荔枝的果肉像美女皮肤那样雪白丰腴。

⑤ 难兼熊掌鱼:孟子说过,熊掌与鱼都是美味,但两者不能同时拥有,只好放弃鱼而吃熊掌。建茶产在冬天,荔枝产在夏天,不能同时吃到,所以诗人有此比喻。

【译】

建溪的官茶天下称绝,

香味要全须等到小雪。

雪花一片茶叶毫不担忧,

何况铺天盖地像飞舞的海鸥,

春风吹拂,银瓶铜碾喝茶真得意,

不枉一年来迢迢行程千万里。

夏天的荔枝也是珍品,雪白又丰腴;

不能同时品赏,要吃熊掌就不能吃鱼。

思故山①

千金不须买画图,听我长歌歌镜湖。

湖山奇丽说不尽,且复为子陈吾庐②。

柳姑庙③前鱼作市,道士庄畔菱为租。

一弯画桥④出林薄⑤,两岸红蓼连菰蒲。

陂⑥南陂北鸦阵黑,舍西金东枫叶赤。

---

① 故山:故乡。

② 庐:房屋,这里指陆游的家。

③ 柳姑庙:不知柳姑是何神,此庙大概在镜湖附近。

④ 画桥:油漆的木桥。

⑤ 林薄:树丛生处叫林,草丛生处叫薄。

⑥ 陂(bēi):塘岸,山坡。这里应指河岸或不是很大的河面,江南水乡有此情景。

正当九月十月时，放翁①艇子无时出②。

船斗一束书，船后一壶酒，

新钓紫鳜鱼，旋洗白莲藕。

从渠③贵人食万钱④，放翁痴腹⑤常便便⑥。

暮归稚子迎我笑，遥指一抹西村烟。

【按】 在建州，陆游只能办办例行公事，不能有所作为，他在《送钱仲耕修撰》诗中说："殷勤为报中朝旧，睡足平生是建州。"既然在建州只能睡觉，他就又想起故乡来了，这首七古就是在这种情况下所作。在诗中，我们可看到陆游的故乡的确很美，对此奇丽的湖山，能不加以保卫吗！

【译】

花千金不用去买画图，

听我把长歌来唱镜湖。

湖山奇怪秀丽说不完，

现在只把我家情况来吟哦。

柳姑庙前卖鱼成了市，

道士庄边把菱来交租。

---

① 放翁：陆游，在成都时，别人说他"颓放"，他就干脆自称"放翁"。

② 无时出：无时不出，经常在湖中。

③ 从渠：这里作"任他""随他"解。

④ 食万钱：晋时有一大官僚叫何曾，一顿饭花去万钱，还说没处下筷子。

⑤ 痴腹：肥大的肚子。

⑥ 便便：肚子肥大的样子。

一座画桥跨出树林子，

两岸红蓼连着绿菰蒲。

陂南陂北老鸦阵阵满天黑，

屋西屋东枫树片片叶子赤。

正当九月到十月，

放翁的小船天天出。

船头上一束书，

船尾上一壶酒，

新钓到的紫鳜鱼，

刚洗过的白莲藕。

随他贵人一顿吃万钱，

放翁吃饱大腹常便便。

晚上回家孩子们迎着我笑，

指指远处西村已经升起一缕烟。

建州绝无芡①，意颇思之，戏作

乡国②鸡头卖早秋，绿荷红缕最风流。

建安城里西风冷，白枣堆盘看却愁。

【按】这首诗也是在建州所作，诗人借鸡头以抒发其

---

① 芡：水中植物，叶子平贴水面，似荷，有刺。芡实即鸡头，可煮吃，做成甜羹，颇有风味。

② 乡国：家乡。

思乡之情。

【译】

故乡产鸡头，上市在早秋；

绿叶红丝缕，颜色最风流。

建安已晚秋，不见有鸡头；

白枣堆满盘，看着使人愁。

卷十二

感旧绝句

......

鹅黄酒边绿荔枝,摩诃池①上纳凉时。

冰纨②不画骖鸾女③,却写江南白纻辞④。

(原注:鹅黄,广汉酒名。绿荔枝出自叙州。)

......

【按】淳熙六年乙亥(公元1179年),陆游五十五岁,秋晚,奉诏北归。陆游经建阳、武夷、崇安、铅山、信州(今江西上饶)、玉山而到衢州。在衢州,他留下请求"奉祠",但孝宗不同意,改命他提举江南西路常平茶盐公事,治所在抚州(今江西临州),岁暮时到达。这种事情不大好办,他也不愿去压迫人民,思想苦闷,感慨很多。《感旧》诗就是在这种情况下写的,当时是公元1180年初夏。

这首诗写的是公元1175—1177年在成都与范成大诗酒唱和的事。当时虽说范成大没有接受他的建议,但总是老朋友,私交是不错的,对他也很尊重。时隔数年,虽已东归,

---

① 摩诃池:在成都城内。

② 冰纨(wán):白色的细绢,可在上面作画,称为绢画。

③ 骖(cān)鸾(luán)女:仙女。骖鸾,骑着鸾。骖,古时三驾马车中两旁的马。传说中的神鸟,青色,常为仙人所骑坐。

④ 白纻辞:白纻歌的词。白纻歌,乐府名,是吴地的舞曲。

却一不在朝,二不在乡,又无可以谈心之人,还不如在成都时的好。陆游真有一年不如一年之叹了。

【译】

鹅黄酒边放着绿荔枝,

正是摩诃池上乘凉时。

白绢上不去画驾鸾的仙女,

却用来写江南的白纻歌词。

啊,当时真情痴,

时过境移,心事有谁知!

观蔬圃

菘①芥可菹②芹可羹③,晚风咿哑④桔槔⑤声。

白头孤宦⑥成何味,悔不畦蔬⑦过此生。

【按】这首诗中透露出当时宗派小集团对陆游的排斥和打击,陆游的朋友、名将和爱国词人辛弃疾也有同样的遭遇。但主和派(不客气则称为投降派)为什么有这么大

---

① 菘(sōng):青菜或白菜都可称为菘。

② 可菹(zū):可以切碎后烧着吃。

③ 可羹:可做汤。

④ 咿哑:象声词,水车转动声。

⑤ 桔槔(gāo):水车,木制,两人或三人踩动主轴,提水板就可不断地把水提上来。

⑥ 孤宦(huàn):孤孤单单的官,即不参加宗派小集团的官。宦,官。

⑦ 畦蔬:种菜。畦,这里作动词用。

的能量呢？根本原因在于皇帝自己是主和派，只想苟安一时，不思进取。陆游并非不明白，作为当时人，他不便讲，从封建观点来看也不应讲。但是，明朝的文征明就没有这种顾虑，他直接指出问题在于皇帝，在《满江红》（题宋思陵与岳武穆手敕墨本）词中，文征明说：（宋高宗赵构）"岂不念，中原蹙？岂不惜，徽钦辱？但徽钦既返，此身何属？千古休夸南渡错，当时自怕中原复。笑区区一桧亦何能，逢其欲！"孝宗虽然不怕徽钦回来（因已死），但打仗是要冒险的，同样怕做不成皇帝，抗战派既受压制，南宋就非亡不可了。

【译】

菘芥可做菜，芹菜可做汤。

水车晚风里，咿呀近池塘。

白头做孤宦，乏味实可伤。

悔不做菜农，自在度时光。

卷十三

十一月上七日①义饭骡岭②小店

新粳炊饭白胜玉,枯松作薪香出屋。

冰蔬③雪菌④竞登槃⑤,瓦钵毡巾俱不俗。

晓途微雨压⑥征尘,午店⑦清泉带修竹⑧。

建溪小春⑨初出碾,一碗细乳⑩浮银粟⑪。

老来畏酒厌刍豢⑫,却喜今朝食无肉。

尚嫌车马苦縻⑬人,会入青云骑白鹿⑭。

---

① 上七日:初七。

② 骡岭:诗人从高安回临川,骡岭当在临川之西,相距两日路程。

③ 冰蔬:白菜。

④ 雪菌:白的香菌。菌,就是蕈(xùn),此时当是"寒露蕈"。

⑤ 槃(pán):同"盘"。

⑥ 压:这里指下雨而灰尘不起。

⑦ 午店:中午到小店。

⑧ 修竹:长竹。

⑨ 小春:细茶。

⑩ 细乳:泡好的茶。

⑪ 银粟:茶沫。

⑫ 刍(chú)豢(huàn):这里作"荤菜"解。刍,喂牲口的草料。豢,喂养牲口。

⑬ 縻:挂住,牵制。

⑭ 会入青云骑白鹿:陆游于公元1180年晚秋,上书参政周必大,要求调职,到湖南一带做个州官,奉召东归。陆游很高兴,以为可以回到朝中去任职了,因此他说,还嫌车马拖累人,即将到青云(天上,暗指朝廷)中去骑白鹿(仙兽,南极仙翁的坐骑,暗指新职)了。

【按】这首七古描写山村小店的供应颇为真实亲切,清淡而有韵味,由于诗人的心情较好,读来也就轻快。一般来说,乐观愉快的诗多用平声的"东""阳"等韵,但此诗却用入声的"屋"韵,却无伤其欢愉之情。

【译】

新粳米,来做饭,白得胜过玉。
枯松枝,来当柴,香气冒出屋。
鲜白菜,寒露葟,盘中互相伏。
有瓦钵,有毡巾,两样都不俗。
清早行,下小雨,一路灰尘伏。
到中午,进小店,清泉带修竹。
建溪茶,新出碾,端来供我腹。
喝一碗,像细乳,上面浮银粟。
老境到,怕喝酒,还怕吃牲畜。
很喜欢,今朝是,桌上没有肉。
还讨厌,坐车马,拖累不舒服。
不久会,上青云,自由骑白鹿。

霜天晚兴①

薄霜门巷不胜清,小立湖边夕照明。

红颗带芒收晚稻,绿苞和叶摘新橙。

闲评琴价留僧话,静听松声领鹤行。

壮志消磨浑欲尽,西风莫动玉关②情。

【按】陆游此诗,悲凉沉郁,是英雄矢志之叹。夕照虽明能有几时,晚稻已收严冬将至,玉关英雄只落得门巷凄清,闲评琴价,静听松声。这些,不就是玉关之情吗?所谓莫动,正是已动。

【译】

薄霜已下,门巷不胜凄清;

小立湖边,似乎夕阳更明。

红颗带芒,晚稻收割纵横;

绿苞连叶,开始采摘新橙。

---

① 霜天晚兴:陆游离开临川,经弋(yì)阳、信州、江山、衢州,行至严州(建德)寿昌县界时,因在抚州拨义仓粮赈灾事,为给事中赵汝愚所驳,被免去官职,并得旨不必入奏,仍除外官,有诗记其事云:"翰林惟奉还山诏,湘水空招去国魂。"因自桐庐泛江而归岁未到山阴故乡。自淳熙八年辛丑(公元1181年)起,陆游就在山阴镜湖边闲居,这首七律是在这年九月四日或五日作的,那时陆游已五十七岁。

② 玉关:即玉门关,在甘肃西部,是古代通西域的要道。唐王之涣有《凉州词》云:"黄河远上白云间,一片孤城万仞山。羌笛何须怨杨柳,春风不度玉门关。"指的是朝廷不关心戍卒(边防战士)的疾苦。陆游曾在西北前线参加过战斗,他借用此典,一方面是回忆当年的战斗生活,现在已没有这机会了;另一方面是想念前线将士的艰苦,而朝廷毫不关心。

留住和尚,且把琴价闲评;

静听松声,似领仙鹤飞行。

壮志消磨,年来几乎干净;

西风拂面,莫动玉关激情。

幽居

老子堪咍①老转痴,幽居喜及早寒时。

芋魁加糁②香出屋,菰首茆羹甘若饴。

颠倒朱黄③思误字,纵横黑白④戏拈棋。

此怀敢向⑤今人说,骨朽诸贤⑥却见知。

(原注:菰首茭白也。)

【按】这首七律是这年初冬所作。诗人笑自己太痴,痴的什么呢?闲居而不甘心闲,淡泊而不以为苦,却认真校对诗文,与人下棋。为什么?校对诗文是为了传之后世,激励后人是为了接受历史教训继续战斗;下围棋是为了领悟深奥的战略思想,有朝一日也许能用上。这种想法当然不敢对当时的人说,而亡故的老友是深知的。烈士暮年,壮心不已,

---

① 咍(hāi):讥笑。

② 芋魁加糁:芋头加玉米糁煮粥。

③ 颠倒朱黄:校对文稿。

④ 纵横黑白:围棋。

⑤ 敢向:不敢向。如鲁迅的"敢有歌吟动地哀",即"不敢有"。

⑥ 骨朽诸贤:指陆游已死去的知己。

从庸俗的观点来看，当然可以说是"痴"。

【译】

　　老头子真好笑，越老越变痴。

　　幽居真可喜，不觉已到早寒时。

　　香味出屋来，粥加芋头炊。

　　茭白煮菜汤，甜像麦芽饴。

　　改正错字，校对文和诗。

　　攻守进退，戏和人下围棋。

　　胸怀是什么？不敢向人吹。

　　亡故的老友们，却是深知，却是深知。

食荠十韵

　　舍东种早韭，生计①似庾郎②。

　　舍西种小果，戏学蚕丛乡③。

　　惟荠天所赐，青青被④陵岗。

　　珍美屏盐酪⑤，耿介⑥凌雪霜⑦。

---

① 生计：谋生之计。

② 庾（yǔ）郎：农民。庾，乡村中的粮囤。

③ 蚕丛乡：指四川。蚕丛，上古时四川之王。

④ 被：铺满。

⑤ 屏盐酪：不靠油盐，荠菜本身就鲜美。屏，除去。

⑥ 耿介：耿直，不同于流俗。

⑦ 凌雪霜：不怕雪霜摧残。凌，压倒。

采撷无阙①日，烹饪有秘方。

候火②地炉③暖，加糁沙钵香。

尚嫌杂笋蕨，而况污膏粱④。

炊粳⑤及煮饼⑥，得此生辉光。

吾馋实易足，扪腹⑦喜欲狂。

一扫万钱食，终老稽山旁。

【按】这首五古写的是荠菜的吃法，陆游对荠菜很赞赏，除了味美之外，"耿介凌雪霜"是一个重要原因。陆游回乡已九个月，种韭种果，很忙碌。看来已经安下心来。

【译】

房子东面种早韭菜，生计像种田郎。

房子西面种小果树，玩着学四川老乡。

只有荠菜是老天赏赐，一片青色铺山冈。

① 阙（quē）日：空的日子。阙，空缺。

② 候火：按时的火。

③ 地炉：埋在地上的炉子。古时行军，掘地为灶，可称地炉，但陆游家居，似无此必要，且山阴是水乡，掘地不深即见水，也不易搞地炉。笔者考虑，江南一带烧柴灶，如用木柴，停火后火灰仍旺，扒一灰坑，放入铜罐或瓦钵（都有把子，当时有这种器皿，笔者幼年时曾用过），内装水或米（加适量水），压紧火灰，待火灰全熄时，水已热，粥已熟，每烧一次都可利用（如烧稻草，只能焐水，不开，可作洗脸水），也许这是"候火地炉"。联系下句来看，陆游是利用余烬焐荠菜粥。

④ 膏粱：肥肉美谷，这里单指荤腥，即荠菜粥中不能放进鱼肉荤腥。

⑤ 炊粳：荠菜粥。

⑥ 煮饼：荠菜饼。一种做法是荠菜烫熟后切碎做成馅儿，还有一种做法是荠菜切碎后和入面粉做成饼。看来，陆游用的后者。

⑦ 扪（mén）腹：摸摸肚皮。

鲜美不靠油和盐,倔强不怕雪和霜。

采摘天天不空,烹饪却有秘方。

沙钵焙进地炉,粥里加它更加香。

加笋蕨还嫌不好,更何况鱼肉脂肪。

烧粥或者煮饼,加了它不同寻常。

嘴馋很容易满足,摸摸肚皮乐得发狂。

万钱酒席不屑一顾,愿终老在稽山之旁。

蔬园杂咏

菘

雨送寒声满背蓬①,如今真是荷锄翁。

可怜遇事常迟钝,九月区区②种晚菘。

芜菁

往日芜菁③不到吴,如今幽圃手亲锄。

凭谁为向曹瞒④道,彻底无能合种蔬⑤。

---

① 蓬:飞蓬,这里作乱草解。

② 区(qū)区:细微。

③ 芜(wú)菁(jīng):大头芥。

④ 曹瞒:曹操。

⑤ 彻底无能合种蔬:三国时,刘备胸有大志,怕被曹操识破,就在后园种菜,好使曹操认为他无能。陆游是说,自己本有大志,但朝廷不用,落到种菜的地步,真是彻底无能了。

葱

瓦盆麦饭①伴邻翁,黄菌青蔬放箸空。

一事尚非贫贱分②,芼羹僭用大官葱③。

(原注:乡圃有大官葱,比常葱差小④。)

巢

昏昏雾雨暗衡茅⑤,儿女随宜⑥治酒肴。

便觉此身如在蜀,一盘笼饼是豌巢⑦。

(原注:蜀中杂麑肉作巢馒头,佳甚。唐人正谓馒头为笼饼。)

芋

陆生昼卧腹便便,叹息何时食万钱。

莫消蹲鸱⑧少风味,赖渠撑拄过凶年。

【按】这五首七绝也是初冬所作。像陶潜那样,陆游亲自动手种菜,自给自足,偶然吃到馒头夹菜肉便高兴非凡。陆游善于联想,从自己种菜想到刘备种菜,自己种菜是真,

---

① 麦饭:小麦舂去外皮,即麦仁,可煮饭。

② 分:本分。

③ 大官葱:细葱,价贵。陆游说自己是农民,没有资格享用大官葱。

④ 比常葱差小:比一般葱细小。

⑤ 衡茅:茅屋,即陆游的家。

⑥ 随宜:随意。

⑦ 豌巢:豌豆嫩叶。烫熟,切碎,和以猪肉,加入调料,做馅。

⑧ 蹲(dūn)鸱(chī):大芋。

刘备种菜是假；刘备功业成就，而自己潦倒故乡。怪谁？只能怪自己彻底无能了。从现在吃巢馒头想到过去在四川吃巢馒头，现在是农民，过去是官，做官虽然不能实现报国大志，但多少可以为人民做些好事。而现在只是为糊口而辛劳，无补于国，无救于民。怪谁？怪自己太迟钝。

【译】

菘

雨带来寒意，背上乱草蓬松。
我现在真是一个扛锄头的老翁。
可怜做事往往迟钝，太不玲珑。
到了九月才想起种一点晚菘。

芜菁

从前江南一带没有芜菁，
现在亲手种它，孤苦伶仃。
有谁去向曹操报告，
陆游彻底无能不用担心。

葱

瓦盆麦饭伴随着邻居老翁，
放下筷子香菌青菜全都吃空。
只有一件事不在穷人本分之中，
菜汤竟然用上了大官香葱。

巢

雾雨蒙蒙，茅屋暗得发愁，

孩子们随便弄些酒菜，吃下咽喉。

忽然间好像到了四川，

眼前是一盘豌巢肉馅的包子。

芋

陆先生白天睡觉大腹便便，

叹息何时一餐能吃万钱。

不要怪大芋头风味浅，

靠它可以勉强度过荒年。

卷十五

病中忽有眉山士人①史君见过②，欣然接之③，口占绝句

蜀话初闻喜复惊，依然如有故乡情。

绛罗饼馓④玻璃酒，何日蟆颐⑤伴我行。

（原注：眉州以罗裹饼馓至二十四子，号通义馓。玻璃春，郡酒名也，亦为西州之冠。）

【按】淳熙九年壬寅（公元1182年）五月，陆游除朝奉大夫（从六品），主管成都府玉局观，就是说，可以拿干薪了，虽然仍在乡闲居，但生活总可以不愁了。次年深秋，四川眉山的史君来访，陆游非常高兴，好像见到了故乡旧友，因为他已把四川作为第二故乡了。至于绛罗饼馓是什么样的饼，笔者认为，这是一种小型的饼，里面有馅料，如同现在的月饼之类（也许还要小些），这样才能二十四个包在一起，馈赠亲友（如果自做自吃，何必用红罗包呢）。

---

① 士人：读书人。
② 见过：前来访问。
③ 接之：接待。
④ 绛（jiàng）罗饼馓（dàn）：唐时放进士榜，赐"红绫饼馓"。饼馓，无馅及有馅的饼。馓，薄饼卷肉，切成块。
⑤ 蟆颐：山名，在眉山东，山下为蟆颐津，又称玻璃江。这里指眉山。

【译】

忽然听到四川话,又喜又惊,
意外相逢,仍然像有故乡之情。
想到了红罗饼,想到了玻璃酒,
哪天再到眉山,请您陪我旅行。

卷十六

薏苡

（蜀人谓其实为薏米，唐安所出尤奇）

初游唐安①饭薏米，炊成不减雕胡美。

大如芡实白如玉，滑欲流匙香满屋。

腹腴项脔不入盘，况复飧②酪③夸甘酸。

东归思之未易得，每以问人人不识。

呜呼！奇材从古弃草菅④，君试求之篱落间⑤。

【按】这首七古是在淳熙十年甲辰（公元1183年）冬所作，时年陆游五十九岁。此诗有三层意思，第一层是说薏米之美；第二层是从薏米想到工作过的蜀州，有怀旧之思；第三层是从薏米在蜀州不被重视，而想到奇才被弃于草野，深为感慨。陆游所指的奇才，很可能是指亡友独孤策，独孤策文武全才，终不见用，陆游有诗哭之。《独孤生策，字景略，河中人，工文，善射，喜击剑，一世奇士也。有自峡中来者，言其死于忠涪间，感涕赋诗》："忆昨骑驴入蜀关，

---

① 唐安：即蜀州。

② 飧（sūn）：熟食，晚餐，以水和饭，这里作吃喝解。

③ 酪：这里指奶酪。

④ 奇材从古弃草菅（jiān）：这句是说，奇才往往抛弃在野草荒丛，不为人所知。草菅人命，把人命当野草，即不把人命当一回事。奇材，奇才。草菅，野草。

⑤ 君试求之篱落间：这句是说，人才不在朝堂之上，要到草野中去找。篱落，篱笆。

旗亭邂逅一开颜。气锺太华中条秀，文在先秦两汉间。宝剑凭谁占斗气？名驹竟失养天闲。身今老病投空谷，回首东风涕自潸。"小人满朝，奇士遍野；小人膏粱，奇士藜藿；小人弹冠，奇士殒命。南宋怎么可能不亡呢！

【译】

刚到唐安把薏米当饭，

煮好有菰米般美。

大得像芡实白得像玉，

在匙里滑动，香气满屋。

好菜太多，薏米上不了盘；

何况还喝奶酪，又有甜来又有酸。

东归以来想吃却不易得，

常常问人却没有人能识。

唉！奇才从古丢弃在野草丛，

你若找他要到草野之中。

舟中晓赋

小艇下沧浪①，吴歌②特地长。

斜分半舱月③，满载一篷霜。

香甑炊菰白，醇醪点蟹黄④。

宦游⑤元为口，莫恨老江乡。

【按】这首诗写的是船上就餐的情景。古时，江南水乡的主要交通工具是船，船行较车马为慢，且沿途并无小饭店。因此，船家供应客人饭食，一只小行灶（瓦炉），烧的是木柴，菜都是河鲜鱼蟹，还有茭白、水芹、菱藕，饭很香，别有风味。富贵人家雇用大船，菜肴丰美，形成独特的"船菜"。船菜的特点，一是用料基本上都是水产品；二是鲜活，岸上的菜馆是比不过的；三是选料高级，如虾是大明

---

① 沧浪：汉水，但这里与汉水无关，似有两种解释。沧浪，即苍色的水，是说小船在碧波中航行。宋苏舜钦在苏州城内筑沧浪亭，是吴中胜境，这是说，坐小船到沧浪亭去。因此，下句有"吴歌"的话。

② 吴歌：吴地的歌，一般指太湖流域，而不包括杭州以南地区，因此，陆游所居山阴（绍兴）的民歌不能称吴歌，而只能称越歌。若联系上句的"沧浪"来看，吴歌应指"沧浪之水清兮，可以濯我缨；沧浪之水浊兮，可以濯我足"。若如此，那么，陆游是暗示：朝政清明，我就同大家一起干；朝政黑暗，我就敷衍一番，混口饭吃。

③ 斜分半舱月：凌晨，月亮西斜，虽有舱篷，也可得半舱月色。这里是暗示：出仕只有一半收获，即解决了吃饭问题。下句则是指处境恶劣。

④ 点蟹黄：吃蟹黄，或吃有黄的蟹（雌蟹）。江南，在蟹多的时代，有"炒蟹黄"一菜，全是蟹黄而无蟹肉，味极佳。陆游在船上，船家很可能为他做这个菜，留下蟹肉船家自吃。点，作"吃一点"解。

⑤ 宦游：古时做官不能在本乡本土，必须到外地（目的是避嫌），称为宦游。

虾，蟹要蟹黄之类；四是配料不用干货，比较单纯；五是在烧法上大多是炒、煮或做汤，口味清淡，讲究鲜味，没有什么红烧狮子头、蜜汁蹄髈之类，却有炒肚膛、炒甩水、炒虾仁、煮鱼块、煮鱼脑、炒鳝背、炒虾蟹、虾仁烂糊、鲫鱼串汤之类。船上吃饭还有个规矩，即匙不能搁在碗上，而要平放，这是船家的迷信（怕搁浅）。

此诗浅显，口语化，有民歌的特点。

【译】

小船呀，下呀下沧浪。

吴歌呀，特呀特地长。

斜照那个半舱月呀，

满载那个一篷霜。

锅里喷喷香呀，烧的茭白汤。

好酒蜜蜜甜呀，吃点炒蟹黄。

出门去做官呀，为了嘴一张。

不要恨没有酒席呀，

——情愿终老在江南水乡，江南水乡！

巢菜①
（并序）

蜀蔬有两巢：大巢，豌豆之不实者。小巢，生稻畦中，东坡所赋元修菜是也，吴中绝多，名"漂摇草"，一名"野蚕豆"，但人不知取食耳。予小舟过梅市②得之，始以作羹，风味宛如在醴泉③蟆颐时也。

冷落无人佐客庖，庾郎三九④困讥嘲⑤。

此行忽似蟆津路，自候风炉煮小巢。

【按】这首七绝是公元1184年春天所作。诗人从小巢的被冷落发出感叹，这同《薏苡》一诗的意思是一样的。从饮食上说，诗人特别喜欢荠菜、小巢、莼菜等野菜，不仅味道好，对健康也有好处。

【译】

无人拿它当菜，冷落在稻田。

种田郎被嘲笑，穷苦无边。

这次出门，好像蟆津在眼前。

准备风炉煮小巢，江南我在先。

---

① 巢菜：巢元修喜欢吃这种菜，苏轼称为巢菜。
② 梅市：大概在山阴附近。
③ 醴泉：在陕西咸阳附近，也许陆游去过那里，或就是蜀州某处。
④ 三九："三旬九食"，三十天只有九天能吃上饭，指穷困。
⑤ 困讥嘲：被人嘲笑。

偶得北虏①金泉酒，小酌

草草杯盘莫笑贫，朱樱羊酪②也尝新。

灯前耳热颠狂甚，虏酒谁言不醉人。

（原注：高适③诗云：胡儿十岁能骑马，虏酒千杯不醉人。）

又

逆胡④万里跨燕秦⑤，志士悲歌泪满巾。

未履胡肠涉胡血⑥，一樽先醉范阳春⑦。

【按】这两首七绝也是公元1184年所作。从此诗可知当时南北双方已在进行贸易，北方的生产技术已有相当的提高，金泉酒的质量是不错的。从此诗也可知陆游无论一饮一食都始终不忘还我河山，他同岳飞、辛弃疾等一样，是汉族的脊梁。

【译】

杯盘不整，不要笑我贫。

---

① 北虏：对北方少数民族政权"金"的蔑称。虏，打仗时捉住的敌人。

② 朱樱羊酪：红樱桃和羊奶。东晋以后，文人常以"樱酪"指代北方饮馔，以"莼鲈"指代江南饮馔。

③ 高适：唐代大诗人，他的"边塞诗"很有名。

④ 逆胡：也是对"金"的蔑称。逆，叛逆。胡，指北方少数民族。

⑤ 跨燕秦：指占领了广大的北方土地。燕，河北。秦，陕西。

⑥ 未履胡肠涉胡血：这句是说践踏敌人的尸体。陆游这种说法有他的历史局限性，也反映了当时民族斗争的尖锐残酷，这同岳飞的"壮志饥餐胡虏肉，笑谈渴饮匈奴血"是一样的格调。履（lǚ），踩。涉，在水中走。

⑦ 范阳春：金泉酒。范阳，指金的都城，今北京。

樱桃羊奶，倒也尝尝新鲜。

真够颠狂，灯前热了耳轮。

虏酒有劲，谁说不能醉人。

又

逆胡猖狂，占地万里从燕到秦。

慷慨悲歌，爱国志士眼泪满巾。

还我河山，杀敌心愿尚未能申。

来它一杯，先喝喝这种范阳春。

岁暮

小筑幽栖①与拙②宜，读书写字伴儿嬉。

已无叹老嗟卑③意，却喜分冬④守岁时。

羹臛芳鲜新弋雁⑤，衣襦⑥轻暖自缫丝⑦。

农家岁暮真堪乐，说向公卿⑧未必知。

---

① 幽栖：乡居。

② 拙：笨拙，陆游自称。

③ 嗟（jiē）卑：怨恨地位卑微。嗟，怨。

④ 分冬：冬天有六个节气，分冬应在冬至节之后。

⑤ 羹臛芳鲜新弋雁：这句是说，用弋（yì）射到的大雁做汤，味道鲜美。整煮或切块煮均可。 臛（huò），肉汤。弋，古时有一种箭，箭尾穿了根细绳子，专门用来射飞禽，用这种箭去射叫作弋。

⑥ 襦（rú）：短袄。

⑦ 缫（sāo）丝：把蚕茧浸在滚水里抽出丝来。

⑧ 公卿：大官。

【按】陆游写的是乡居时的天伦之乐，因为有干薪可拿，生活还能过得去，若不去叹老嗟卑，倒也怡然自得。但既然提出这两个问题，说明并未忘情。

【译】
小屋僻乡，对笨人最为相宜。
读书写字，陪伴小孙儿嬉戏。
不叹老，不怨卑，终日展眉。
冬已半，岁将暮，乐中时移。
肉汤真鲜，大雁打下就炊。
棉袄轻暖，是自家缫的丝。
一年将终，农家快乐怡然。
讲给公卿听，他们未必信。

幽居戏咏

清泉绕屋竹连墙，回首微官意已忘。
小瓮带泥收洛笋，细鳞穿柳①买河鲂。

---

① 穿柳：以柳条穿鱼鳃便于提拿。

黄旗万里无侯骨①，红烛千钟②有酒肠。

欲起九原③谁可友，兰亭④修禊⑤晋诸王。

（原注：洛中⑥冬笋，贮以小瓮为远饷⑦。）

【按】自北宋灭亡以来已近六十年，多少次北伐机会被轻易失去，多少的北伐名将含恨而亡，金国已成气候，恢复无望。陆游自己也已年老，纵有雄心也无法驰骋战场，何况闲居在乡。在这种情况下，他只能放弃武事，交几个文人做朋友了，而在乡村就连这样的朋友也不可多得，于是只能以古人作为朋友，就是说，只能读读他们的著作了。其孤寂悲愤也就可想而知了。

---

① 黄旗万里无侯骨：这句是说，因为不能重用抗金名将（如岳飞、辛弃疾、韩世忠等），以致金成了气候，难以战胜。黄旗万里，是说北方的金已登基建国，幅员广大，已成气候，难以收复故土。黄旗，"黄旗紫盖"，是天子气。无侯骨，没有封侯（第二等爵位）的命运。汉时抗击匈奴的名将李广，身经七十余战皆捷，匈奴称他为飞将军，但因得罪主帅，不被重用，始终未能封侯，被迫自杀，称为"数奇"（命运不好）。

② 钟：量词，本是大酒器，后来只指酒一杯。

③ 欲起九原：如果问问死去的古人。九原，九泉之下。

④ 兰亭：在绍兴西南二十七里。

⑤ 修禊（xì）：三月上旬的巳日，为除去不祥而在水边举行的一种仪式。东晋永和二年（公元353年）三月三日，大书法家王羲之与王彬之、王蕴，还有他的儿子王凝之、王徽之等四十一人在兰亭修禊，并写了一篇《兰亭集序》，是文学史上的一段佳话。这句是说，既然不能北伐而只能待在故乡，那就只能同王羲之那样的文人做朋友了。

⑥ 洛中：河南洛阳。

⑦ 远饷：远方礼品。北方空气干冷，冬笋放在小缸里可贮藏较久，南方恐怕不行。

【译】

清泉围绕茅屋,竹篱连着土墙。
从前做过小官,现在都已遗忘。
准备几只小缸,收来泥笋贮藏。
柳条穿着鱼鳃,买来细鳞河鲂。
金国幅员广大,李广无功冤枉。
红烛烛焰摇晃,照我千杯酒肠。
若问地下古人,谁能做我友朋?
兰亭修禊盛事,除非东晋诸王。

卷十七

冬夜与溥庵主①说川食戏作

唐安薏米白如玉,汉②嘉③栮脯④美胜肉。

大巢初生蚕正浴⑤,小巢渐老麦米熟⑥。

龙鹤作羹香出釜,木鱼⑦瀹蒩子盈腹。

未论索饼⑧与饡饭⑨,最爱红糟⑩并炰粥。

东来坐阅⑪七寒暑,未尝举箸忘吾蜀。

何时一饱与子⑫同,更煎土茗⑬浮甘菊⑭。

---

① 庵主:佛庵的住持。此庵似在吴兴山中,陆游送他的侄子陆绰去该庵。因而与姓溥的庵主谈起川食。

② 汉:汉州,四川广汉。

③ 嘉:嘉川,四川乐山。

④ 栮(ěr)脯:干木耳。栮,木耳。脯,干肉;干果脯。

⑤ 浴:浴蚕,二月十二日浴蚕,用菜花、野菜花、韭花、桃花、白豆花在水中揉碎而浴,有的是用盐水,目的是汰弱留强。

⑥ 麦米熟:指五月。

⑦ 木鱼:棕笋,棕榈花苞。棕榈树灰的纤维可做绳,春天在末端长出黄色花苞,苞中有细子成块,像鱼肚中的鱼子,故称棕鱼,又名木鱼。

⑧ 索饼:像绳索的饼,即面条或粉条。

⑨ 饡(zàn)饭:以羹(菜)浇的饭。

⑩ 红糟:这里似指用红糟糟过的肉与鱼。

⑪ 坐阅:不觉经过。

⑫ 子:你。

⑬ 土茗:本地茶。

⑭ 甘菊:这里指茶中所加的白菊花。

【按】这首七古是公元1184年冬天所作，东归头尾共五年，诗中说是七年，或许是陆游记错了，或许是编集时编错了，也可能是抄书者抄错了。不知何故，他的侄儿陆绰要住到吴兴的山庵中去，庵中只供应白粥，连蔬菜和盐都没有。陆游向庵主介绍四川的美食，一直讲到夜里，一个讲得津津乐道，另一个听得垂涎欲滴，情景十分有趣。全诗都讲吃的，并未发表议论，但在佛庵中与吃白粥的庵主讲吃，还讲吃鱼等，这实际上是对僧侣饮食的否定；而溥庵主居然爱听，说明他俗根未除，在思想上做了陆游的俘虏。

【译】

唐安产薏米，色泽白如玉；
汉嘉产木耳，鲜美胜过肉。
大巢初生时，蚕儿正沐浴；
小巢渐老时，麦子已经熟。
龙鹤菜做汤，香气出锅速；
木鱼煮酸菜，累累子满腹。
不谈面条好，不谈馓饭馥；
最爱红糟品，同时喝焦粥。
东来七年头，不觉已过目；
每当举筷子，不忘曾在蜀。
同你吃川菜，哪天再有福；
再煎当地茶，茶上浮甘菊。

六峰项里①看采杨梅，连日留山中

绿阴翳翳②连山市，丹实累累照路隅。

未爱满盘堆火齐③，先惊探颔④得骊珠⑤。

斜簪⑥宝髻⑦看游舫，细织筠笼⑧入上都⑨。

醉里自矜⑩豪气在，欲乘风露⑪摘千株。

【按】这首诗是在淳熙十二年乙巳（公元1185年）夏天所作。项里的杨梅是有名的，"连山市""照路隅"，形容数量之多；"堆火齐""得骊珠"，形容品质之佳；"入上都"，形容其名之扬。三国时，陈登的"豪气未除"，是看不起"求田问舍"者的，而陆游的"自矜豪气"不过是采摘杨梅，这当然是诗人的"微词"。陆游把杨梅比作骊珠，他能不费事地"探骊得珠"，也就是敢于触犯骊龙，暗指敢

---

① 项里：离陆游家不远的小镇，有项羽祠。

② 翳（yì）翳：树荫满地。

③ 火齐：像云母一类的红黄色的宝石（珠状），这里指杨梅。

④ 颔（hàn）：下巴。

⑤ 骊（lí）珠：骊龙（黑龙）之珠。据说，骊龙颔下有珠，价值千金。这里指采杨梅（上好者色黑）。骊，纯黑的马。

⑥ 斜簪（zān）：斜插一支簪。簪，插在发髻中的细棒（有玉的，有骨的，穷人用竹的，略似现在打毛衣的竹签，约有一半长，一头稍粗，另一头磨尖），用以绾住头发。

⑦ 宝髻（jì）：戴满珠宝的发髻。

⑧ 筠（yún）笼：篾篓，用以装杨梅。

⑨ 上都：指临安。

⑩ 自矜（jīn）：自夸。

⑪ 乘风露：趁晓风未散、露珠未干，即趁早晨采摘。

于同金帝作战（骊，黑色，指北方，金在北方；龙，指皇帝）。这样说来，陆游的"豪气"又高于陈登了。

【译】

直通山市，我沿着绿荫走来。

鲜红灿烂，路边摆满杨梅。

堆得满盘，还来不及爱；

先很惊奇，满山把骊珠采。

游船往来，妇女们望一眼镜湖。

细织篾篓，好装杨梅运首都。

醉醺醺的，自夸精力很好；

一个早上，能把千树杨梅都摘掉。

丰年行

秋风萧萧①秋日薄②，筑场③获稻方竭作。

志士④虽怀晚岁⑤悲，农家自足丰年乐。

拨醅⑥白酒唤邻曲⑦，啄黍黄鸡初束缚⑧。

---

① 萧萧：风声。

② 日薄：日光淡薄。

③ 筑场：打稻等需要稻场，当时都是土场，到收获时要除去杂草，平整场地，故称筑场。

④ 志士：陆游自指。

⑤ 晚岁：老年。

⑥ 拨醅：过滤。

⑦ 邻曲：邻居。曲，部曲；部属。

⑧ 啄黍黄鸡初束缚：指缚鸡要宰。黄鸡，可知当时已知"三黄鸡"味美。

长鱼出网健欲飞,新兔①卧盘肥可膰。

躬耕辛苦四十年②,一饱岂非天所酢③。

书生识字亦聊尔④,莫作扬雄⑤老投阁。

【按】这是一个丰收之年,陆游的生活大有改善,不用花钱去买肉,有自酿的酒、有自养的鸡、有自捕的鱼、有自猎的兔,真够丰盛的。但在欢乐之余,不免有志士晚岁之悲,不免有书生聊尔之叹,但未曾投阁已是幸运,还是和家人、邻居共享丰年之乐吧。

【译】

秋风萧萧,秋日淡薄;

筑场割稻,尽力劳作。

志士年老,虽悲落魄;

农家满足,丰年之乐。

滤出白酒,喊来邻曲;

要宰黄鸡,刚才束缚。

长鱼出网,乱跳乱跃;

新兔卧盘,汤肥可酌。

① 新兔:新捕获的野兔。秋收季节野兔很多,且肥美。

② 躬耕辛苦四十年:陆游并没有种田四十年,仅指劳动而已,这年他六十一岁。躬耕,亲自种田。

③ 酢(zuò):客人以酒回敬主人。农民种田,老天以丰收来报答。

④ 书生识字亦聊尔:这里说,读书不过如此而已,没有什么用,不如农民。聊尔,姑且如此。

⑤ 扬雄:汉代文学家,被王莽所逼,投阁。

辛苦做事，四十年弱；

岂非天报，一顿饱嚼。

书生识字，如此收获；

莫作扬雄，临老投阁。

偶得海错① 侑酒②，戏作

判无神药剅清冥③，放箸④那憎海物腥。
满贮醇醪渍⑤黄甲⑥，密封小瓮饷红丁⑦。
从来一饱忘南北⑧，此去千钟任醉醒⑨。
添雪⑩更知凭茗碗，山童敲臼⑪隔窗听。

---

① 海错：海产品。

② 侑（yòu）酒：助酒兴，即以海鲜下酒。

③ 判无神药剅清冥：这句是说，自己不会成仙，就不能不吃"人间烟火"。判无，绝无。剅清冥，划开苍天。传说，嫦娥偷吃了不死之药，便飞上天空，直奔月亮，做了月中仙子。

④ 箸：筷子。

⑤ 渍（zì）：盐渍，盐水浸泡，但这里是酒泡。

⑥ 黄甲：黄色的甲壳，似指"梭子蟹"之类的海蟹。

⑦ 红丁：《辞源》说是"菌"，笔者认为不对，因"菌"不是海鲜；丁，有小义（如兵丁），故似指海螺、海蛤、海虾之类。

⑧ 忘南北：忘记南方的宋与北方的金。就是说，只要有饭吃，管它宋也好、金也好。这是感慨的话。

⑨ 任醉醒：只要有酒喝，随他醉也罢、醒也罢。就是说，只要自己能享乐，随别人说好说坏都不管。这也是感慨的话。

⑩ 添雪：白发增多。愁生白发，醉不知愁，喝茶以后清醒了，一醒就有愁袭来，白发便增多。

⑪ 敲臼：敲击石臼，即在石臼中舂物。敲臼之声入耳则未醉，未醉则愁仍在心头。

【按】淳熙十三年丙午（公元1186年），陆游六十二岁，因主管成都玉局观任期满，请求再任，孝宗不允，由于丞相王淮的推荐，起用为朝请大夫和严州（浙江建德）军州事。二月，去临安，向孝宗上书，建言税富恤贫、积极备战，孝宗不理，对他说："严陵，山水胜处，职事之暇，可以赋咏啄自适。"就是要他莫管国事，在严州游山玩水好了。陆游十分失望，不久就回家了。这首七律就是在那时写的。

到严州去不能为百姓做好事，做这种于民无益的官好像吃海产品，味虽美，却腥气，人非神仙，要吃饭，只好去。不是奉旨去快活几年吗？今后只要有饭吃、有酒喝，管它什么南北，管它什么醉醒。话虽这样说，能心安理得吗？在政治上，陆游始终是清醒的，白发又增加了，夜不成眠。

【译】

没有什么神药，服了可以成仙。

放下筷子，岂敢讨嫌腥气的海鲜。

醇酒浸泡，哪怕海蟹的甲壳坚。

小坛密封，里面满满把海螺填。

从来只要有饭饱，南也好来北也好。

今后只要酒能足，醉也乐来醒也乐。

多愁会使白发添，只因浓茶喝连连。

山童敲臼响震天，隔窗分明不成眠。

咸齑①十韵

九月十月屋瓦霜②,家人共畏畦蔬黄。

小罂③大瓮盛涤濯④,青菘绿韭谨蓄藏。

天气初寒手诀妙,吴盐正白山泉香。

挟书旁观稚子喜,洗刀竭作厨人忙。

园丁无事卧曝⑤日,弃叶狼藉⑥堆空廊。

泥为缄封⑦糠作火⑧,守护⑨不敢非时⑩尝。

人生各自有贵贱,百花开时促高宴。

---

① 咸齑:用盐腌的碎菜,这里当指绍兴的咸干菜,南北货店有卖。

② 九月十月屋瓦霜:作者写此诗是在春天,这句是说腌菜的时间,江南一带多数是"小雪"腌菜。

③ 罂(yīng):大腹小口的坛子。

④ 盛涤濯(zhuó):大洗特洗,大批地洗。盛,盛行,大规模的。涤,洗。濯,洗。

⑤ 卧曝(pù):躺着晒太阳。因菜已拔光。

⑥ 狼藉:乱七八糟。

⑦ 泥为缄(jiān)封:用黄泥封住坛子口。

⑧ 糠作火:用砻(lóng)糠(稻壳)做燃料,火不会太旺,也不会就熄,即用文火烧。缄,封。

⑨ 守护:指火候。

⑩ 非时:不到开启之时。

刘伶①病酲②相如渴③，长鱼大肉何由荐④。

冻齑此际价千金，不数狐泉槐叶面⑤。

摩挲⑥便腹一欣然，作歌聊续冰壶传⑦。

【按】这是陆游出知严州前的述志之作。咸齑本是平常的东西，但诗人却把它与为官的操守联系起来，要吃鱼肉，就得鱼肉百姓，要有冰壶之清，就得吃咸齑，诗人选择了后者。从诗中，我们可以看到诗人一家为做咸齑而忙碌的情景，为后人留下了一份可贵的史料。

【译】

九月十月瓦有霜；

家里人都怕菜叶黄。

---

① 刘伶：晋人，竹林七贤之一，好酒，妻子劝他戒酒，他说："天生刘伶，以酒为名，一饮一斛，五斗解酲。"

② 酲（chéng）：病酒。解酲，解宿醉。刘伶是说，要解除宿醉还得喝五斗酒，这就是病酲。

③ 相如渴：司马相如有消渴症，即糖尿病，但俗却以为是"消解其渴"之病。

④ 荐：还没有吃的肴馔，这里作动词用，即到哪里去弄长鱼大肉来做肴馔呢？

⑤ 槐叶面：把槐树叶子洗净略用水烫，研成粉末，加水搅拌，滤出清汁；面条煮熟，捞起，加入槐叶汁及其他调味品，即成。

⑥ 摩挲（suō）：抚摸。

⑦ 冰壶传：刘宋时鲍照《白头吟》："直如朱丝绳，清如玉壶冰。"喻清白。唐姚崇《冰壶诫》："夫洞澈无暇，澄空见底，当官明白者有类是乎！故内怀冰清外涵玉润，此君子冰壶之德也。"唐王昌龄《送辛渐》："洛阳亲友如相问，一片冰心在玉壶。"都比喻清廉。宋苏易简说"齑汁美"，要作《冰壶先生传》，宋太宗笑着同意。总之心地光明，不存私心。陆游说要续冰壶传，即到严州去要做一个清正廉明的官。

小坛大瓮洗得忙；

青菜绿韭要谨慎收藏。

天气刚刚冷，腌菜手艺良；

吴盐雪雪白，山泉喷喷香。

挟书旁边看，孩子喜欲狂；

洗刀把菜切，拼命操作亏厨娘。

园丁已无事，闲来晒太阳；

菜边菜根知多少，狼藉堆空廊。

封口用黄泥，烧火要砻糠；

守护有规矩，不到时间不敢尝。

人生各不同，有人做官有在乡；

春天百花开，正是宴会好时光。

好像刘伶和相如，想酒想得慌；

要买长鱼和大肉，没钱上市场。

这时值千金，冻齑滋味长；

狐泉槐叶面，哪能比它强。

摸摸大肚皮，一笑意扬扬；

一片冰心在玉壶，今日高歌续诗章！

卷十八

小酌

帘外桐疏见露蝉,一壶聊醉嫩寒①天。

团脐磊落吴江蟹,缩项②轮囷汉水鳊③。

投老④宦游真漫尔⑤,平生怀抱固超然⑥。

文书缚急⑦何由耐,会向长安市上眠⑧。

(原注:此两物⑨近颇登盘。)

【按】淳熙十三年丙午(公元1186年)七月,陆游来到严州任上,这首诗是刚到任上所作。诗人首先提到的是"露蝉",古时认为蝉"餐风饮露"不吃别的东西最为清高,这是他的自励,即绝不做贪官。其次他提到了蟹和武昌鱼,蟹是磊落的,无所畏惧,武昌鱼却缩着头颈,这种对比,读者

---

① 嫩寒:久暖新寒。

② 缩项:鳊鱼头小,连着身子,好似没有颈子。

③ 鳊:鳊鱼,即鲂鱼,所谓"武昌鱼"。

④ 投老:已经年老。

⑤ 漫尔:如此散漫,这里作"胡闹"解。因年老者精力不够,不能处理繁忙的公事。

⑥ 平生怀抱固超然:这里是说,自己抱定爱国爱民的宗旨,不因外界压力而改变。超然,不受牵制。

⑦ 文书缚急:急待处理的公文很多。

⑧ 会向长安市上眠:杜甫《饮中八仙歌》说:"李白斗酒诗百篇,长安市上酒家眠。天子呼来不上船,自称臣是酒中仙。"这里是说,不想做地方官,想像李白一样做个翰林学士。

⑨ 此两物:指吴江蟹、汉水鳊。

自能意会。最后点出,自己无意按照孝宗的旨意做这样的官,与其勉强,还不如做个翰林学士来得自由。

【译】

桐叶渐稀,窗外可见,饮露秋蝉。
手把一壶,且喝几杯,新近寒天。
团脐肉满,吴江螃蟹,只只新鲜。
头小项缩,圆圆滚滚,汉水名鳊。
年纪已老,出外做官,实在太玄。
平生怀抱,光明磊落,自问超然。
无法忍耐,忙忙碌碌,文书满前。
要学李白,长安市上,酒家酣眠。

病中偶得名酒,小醉,作此篇,是夕极寒

一壶花露①拆黄縢②,醉梦酣酣唤不应。
屏③暖半销香鸭④火,窗寒初结砚蟾⑤冰。

---

① 花露:加入某花(如玫瑰、木樨)一同蒸馏的酒。陆游的《钗头凤》就有"黄縢(téng)酒"之语。
② 黄縢:黄封,用黄纸封口的酒是官酒,质佳。縢,封。
③ 屏:屏风,屋子内部用以隔间的板壁。
④ 香鸭:鸭形熏炉,用以取暖,也用以焚香。
⑤ 砚蟾:蟾蜍(癞蛤蟆)形的砚滴(水注)。

诗囊①羞涩悲才尽，药裹②纵横③觉病增。

早挂朝衣④归去是，贵人谁记接茵凭⑤。

【按】这首诗是当年冬天所作。诗人说，名酒纵好，驱寒只在一身，只在一时；"天语"似温，难化心头之冰。诗才已尽，老病日增，不如归去。

【译】

拆开黄封，好个一壶花露酒。

喊我也不答应，喝得醉乎乎。

屏壁才暖，只剩下半炉火；

窗口真冷，砚滴初冰墨难磨。

可悲才尽，诗囊空空难为情；

自觉病增，药包多多心也惊。

回去的好，何不早把官服脱？

贵人事忙，怎记得靠着锦茵同谁说！

---

① 诗囊：李贺的诗句便写下来投入囊（袋）中，即诗囊。诗囊中空空的，它也难为情。

② 药裹：药包，以前中药都用纸包。

③ 纵横：形容药包多。

④ 挂朝衣：脱下官服，即辞官不做。朝衣，官服。

⑤ 贵人谁记接茵凭：这里是说，贵人哪里记得接见我的事，暗指孝宗。接茵凭，即凭茵接，贵人坐靠在褥子上接见下属。茵，褥子，这里指坐褥。

卷十九

荞麦初熟,刈①者满野,喜而有作

城②南城北如铺雪③,原野家家种荞麦。

霜晴收敛少在家,饼饵今冬不忧窄。

胡麻压油④油更香,油新饼美争先尝。

猎归炽火⑤燎雉⑥兔,相呼置酒喜欲狂。

陌上行歌忘恶岁⑦,小妇⑧红妆⑨穗簪髻⑩。

---

① 刈(yì):割。

② 城:指严州。

③ 如铺雪:荞麦开白花。

④ 压油:把芝麻炒熟后上榨床压榨。小磨麻油则是炒熟、磨碎,放在大锅中不断晃动,使油自然浮上来。

⑤ 炽火:大火。

⑥ 雉:野鸡,因避汉吕后的名讳而改称野鸡。

⑦ 恶岁:坏年成。

⑧ 小妇:年轻妇女。

⑨ 红妆:也是指妇女。与"小妇"连用,可能指姑娘;或仅指打扮而言。

⑩ 穗簪髻:妇女割麦,断穗沾挂在头发上,好像以麦穗作簪一样。

诏书宽大与天通,逐熟淮南几误计①。

【按】这首七古是在公元1187年秋所作。诗人看到荞麦丰收,老百姓高高兴兴地收割,自己也就喜上心头,因为自己是地方长官,应以百姓的忧乐为忧乐。从割麦又想到往事,淮南进兵几误大计,但这顶多是战略上的错误,真正有误大计的是决定国策的皇帝,为了苟安,"宽大"得连羞耻都不顾了。

【译】

城南城北,如铺厚雪一片白;

广阔原野,家家种的是荞麦。

霜后秋晴,人人收割在田陌;

今年冬天,饼饵不愁做得窄。

芝麻榨油油更香,

油新饼美谁都争先尝。

猎到野鸡和野兔,大火烘烤在麦场;

你喊我,我喊你,准备喝酒喜欲狂。

边走边唱在陌上,已把荒年忘;

---

① 逐熟淮南几误计:隆兴元年(公元1163年),张浚进枢密使都督江淮东西路军马,陆游建议他固守两淮进兵中原,张浚接受此建议。五月,督师北伐,因部将争功,败于符离,被降职。十二月,和议因金要价太高而不成,再起用张浚。次年三月,张浚再度督师淮上,因受投降派陷害而被免职,不久逝世。宋金订立"隆兴和议",规定宋主称"侄皇帝",称金主为"叔大舍皇帝","岁贡"改称"岁币",每年要给金国银20万两、绢20万疋(pǐ,同"匹")。"诏书宽大与天通",是顾全孝宗面子的说法,实际上是一种讽刺。对淮上用兵前失利,他后来认为应从陕西方面进兵,所以说"逐熟淮南几误计。"

麦穗挂在头发上，割麦多少女红妆。

想起往事啊——

淮南进兵，几误大计；

诏书宽大可与老天比。

屡雪，二麦①可望②，喜而作歌

苦寒勿怨天雨雪，雪来遗③我明年麦。

三月翠浪④舞东风，四月黄云⑤暗⑥南陌。

坐看⑦比屋⑧腾欢声，已觉有司⑨宽吏责⑩。

---

① 二麦：指夏收的大麦、小麦。

② 可望：丰收有望。

③ 雪来遗：冬雪对麦子有利，故称"雪遗"。

④ 翠浪：三月麦绿，风吹起伏如浪。

⑤ 黄云：四月麦已黄，块块如云。

⑥ 暗：指与四周的色彩对比而言。

⑦ 坐看：闲看。

⑧ 比屋：屋子连着屋子，即家家户户。

⑨ 有司：地方官吏。这里是陆游自指。

⑩ 宽吏责：减轻了行政责任。因为丰收有望，百姓生活、社会秩序都有好转，做官的责任就轻了。

腰镰①丁②壮③倾闾里④,拾穗⑤儿童动千百⑥。

玉尘⑦出磨飞屋梁,银丝⑧入釜须宽汤⑨。

寒醅发剂⑩炊饼裂⑪,新麻压油寒具⑫香。

大妇⑬下机废晨织,小姑佐庖忘晚妆⑭。

---

① 腰镰:腰插镰刀,指去割麦。

② 丁:成年男子叫丁,各代规定不同,在16～21岁之间。

③ 壮:30岁以上叫壮。总之是成年体强的男子汉。

④ 倾闾里:村中都走空了。

⑤ 拾穗:收割过后,田野间遗留的麦穗由孩子们拾取,这是中国自上古以来的老规矩。

⑥ 动千百:动辄成百上千。

⑦ 玉尘:白色粉末,指面粉。

⑧ 银丝:白色的丝,指面条。

⑨ 宽汤:煮面条的水要多些。

⑩ 寒醅发剂:冷酒做的发面剂。

⑪ 炊饼裂:面发得好故馒头开了花。

⑫ 寒具:说法不一,多数认为是"馓子",一致的是认为寒具可以存放较长时间,以供"寒食节"(清明节前二日,禁火三日,叫寒食)使用。从本诗来看,寒具是油煎食品,并不加蜂蜜,也不和以糯米,馓子当然可算寒具,但寒具并不仅仅是馓子。

⑬ 大妇:媳妇(儿妻)。因要做面食,故早晨不能织布。

⑭ 小姑佐庖忘晚妆:这里是说,小姑因晚上帮厨,故忘了打扮。小姑,未嫁的姑娘(女儿)。

老翁饱食笑扪腹，林下^①击壤^②歌时康^③。

【按】这首七古是在公元1187年十二月所作。陆游来到严州时正值荒年，地瘠民贫，他向孝宗反映了百姓困苦不堪的情况，蠲（juān）免租税，广行赈济，推进农耕，严州百姓对他很感激。陆游的高祖陆轸也曾在严州做过官，百姓为了表示对陆游的感戴，就为陆轸筑祠堂于兜率佛寺。陆游与严州百姓相处得很好，这首诗就反映了他与严州民众同欢乐的思想感情。

【译】

冷得够呛，不要怪老天常常下得雪白；
场场大雪带来的是明年的好麦。
请想想看吧——
三月里，绿色的麦浪在东风中飞舞；
四月里，金黄的麦云铺满了土地。
到处转转，家家户户一片欢腾声；
觉得我做官的责任可以减轻。
好像已经看到——

---

① 林下：乡村中。

② 击壤：上古时的一种游戏（以一块木板投击另一块木板）。传说尧时有一老人，击壤而歌曰出而作，日落而息，掘井而饮，耕田而食，"帝力何有与我哉"。就是说，靠自己的劳动吃饭，不靠统治者。陆游用此典，实际上是对皇帝的否定和对劳动者的赞扬。

③ 歌时康：歌颂时代安康，这是掩饰的话。

腰插镰刀的青壮年，都出了村；
拾麦穗的孩子们，千百成群。
再想想看吧——
出磨的面粉，飞飞扬扬上屋梁；
下锅的面条，赶忙关照多加汤。
开花的馒头，冷酒发剂不寻常；
炸好的寒具，扑鼻而来麻油香。
一派忙碌的景象啊——
没空织布，早晨忙坏了在厨房的媳妇；
忘了打扮，晚上忙坏了帮厨的姑娘；
老头儿吃饱了摸摸肚皮把口张，
唱一支击壤歌儿歌颂时代真安康。

卷二十

七月十日到故山,削瓜瀹茗,翛①自适

镜湖清绝胜吴松②,家占湖山第一峰③。

瓜冷霜刀④开碧玉⑤,茶香铜碾破苍龙⑥。

壮心自笑老犹在,狂态极知人不容⑦。

击壤穷阎⑧歌帝力,未妨尧舜⑨亦亲逢。

【按】陆游对卸任回乡并不感到遗憾,因为任期已满,且问心无愧;对遭人攻击也不感到遗憾,因为遭小人所忌正说明自己做得对,也是问心无愧;陆游遗憾的是雄心壮志未能实现,遗憾的是皇帝的昏庸。怎么办呢?在家乡务农自食其力吧,再等待,来个新皇帝吧。

---

① 翛(xiāo)然:畅快。翛,无拘无束、自由自在的样子。

② 吴松:吴淞江。

③ 家占湖山第一峰:陆游家在镜湖三山附近,天天可以看到山峰,故这样说,并非住在山上。

④ 霜刀:白亮如霜的刀,形容其锋利。

⑤ 碧玉:指未切开时的西瓜。

⑥ 苍龙:苍龙爪,即色泽暗绿的茶叶。

⑦ 壮心自笑老犹在,狂态极知人不容:陆游在严州任上,曾提出北伐的意见,又由于在严州施行善政,大遭时忌,而受谗谤,因此感到自危,于淳熙十五年(公元1188年)四月上书乞求祠禄,孝宗不理;因在严州任期已满,就卸任回乡,时年六十四岁。这两句所写就是指此。

⑧ 穷阎:穷乡。阎,乡里中的门。

⑨ 尧舜:尧和舜是古史中所记载的两位古帝,都很圣明,被儒家奉为皇帝的模范,尧和舜在位时能关心人民疾苦,安抚四境。此句暗指他未遇到过像尧舜那样的皇帝。

【译】

镜湖真是十分清幽,胜过吴淞江;

我家好像住在湖山的第一峰。

剖开冰凉碧绿的西瓜,是雪白的刀锋;

茶叶真香,是铜碾在碾碎苍龙。

年纪虽老,自笑壮志依然在胸;

很知道被称为狂妄,别人难容。

在穷乡击壤,唱颂不靠帝力靠务农;

如果尧舜再出,不妨亲自同他们相逢。

卷二十一

出省①

五更束带听朝鸡②,出省还家日已西。

酒市雨余青旆③重,河桥风爽紫骝④嘶⑤。

久惭旅饭⑥糜⑦仓粟⑧,常忆新橙捣脍齑⑨。

万事似棋聊尔耳⑩,年来着数不胜低⑪。

【按】陆游虽然重被任用,但他出仕四十年,以六十五岁高龄上班下班,忙着毫无意义的事,不免"白首为郎只自

---

① 出省:这年冬,再召入都,孝宗接见,称赞他的文章写得好,任命他为"军器少监",实际无大事可做。次年二月,孝宗禅位于皇太子赵惇(是为光宗),在内禅前一日,孝宗手批陆游迁朝议大夫(正六品)、礼部郎中。七月,兼实录院检讨官,修《高宗实录》(即赵构的执政史)。十二月,以"嘲咏风月"罪被劾斥归。七律是在这年春天所作。出省,即离开机关下班回家。省,礼部官署。

② 听朝鸡:因上朝早,一听鸡啼就要起床。

③ 青旆(pèi):酒店挂的作为标志的旗子,青布所做。因下雨受湿而显得"重"。

④ 紫骝(liú):这里仅指枣红色的良马。骝,有黑鬣的红马。

⑤ 嘶:马叫。

⑥ 旅饭:客中之饭,指官署所供应的饭。

⑦ 糜:浪费,消耗。

⑧ 仓粟:官仓的粮食。

⑨ 脍齑:蘸鱼或肉吃的酱,是调味品,这里是用新上市的橙子所捣而成,味酸,有的略甜。

⑩ 聊尔耳:不过如此罢了。

⑪ 年来着数不胜低:这里是说,对世事的应付很不得法,处处被动。着数,每次下子。着,下子。不胜低,下的水平太低。

伤",而兴"闻道长安似弈棋,百年世事不胜悲"(杜甫诗)之叹了。陆游说"万事似棋",颇有参透禅关的味道,其实他的儒家思想根深蒂固,到临终也没有"参悟",还在"但悲不见九州同"呢。

【译】

五更起身束带,听鸡啼声上朝;

等到下班回家,太阳已经平西:天天这样辛苦不用提。

下了雨,市上的酒旗湿重不齐;

风还爽,过桥时我的紫马嘶鸣:今天可真是风雨凄迷。

惭愧久吃公家饭,官仓粮食空化泥;

时常回忆在故乡,闲把新橙捣脍齑:唉,宦海沉浮把身栖。

万事不过像下棋,说甚排挤,说甚提携?

只是我年来着数不胜低,归去来兮!

邻曲有未饭被追入郭^①者,悯然^②有作

春得香粳^③摘绿葵,县符^④急急不容炊。

---

① 被追入郭:被押解进城。郭,外城。

② 悯然:哀怜。

③ 香粳:粳米中的一种,煮后香味四溢。

④ 县符:县里的拘票。

君王①日御②金华殿③,谁诵周家④七月诗⑤。

【按】这首七绝是公元1189年秋天所作。南宋王朝对农民强征暴敛,皇帝和官僚则尽情享乐,陆游耳闻目睹,十分悲愤,写了此诗。从此诗可以看出南宋的阶级矛盾十分尖锐,和陆游对农民的同情与对皇帝的谴责,这在当时是极为可贵的。

【译】

香粳米才舂好,绿葵才摘来;

抓了就走,不容做饭,县符急把赋催。

君王天天享乐,金华殿妃嫔一大堆;

七月之诗,谁有空读,农民活该遭灾!

寓叹

心已忘斯世⑥,天犹活此翁。

嫩汤⑦茶乳白,软火⑧地炉红。

---

① 君王:指光宗。

② 御:驾临。

③ 金华殿:查《武林旧事》"正朝"各殿均无此殿,后殿中有"清华殿",不知是否即是此殿。后殿是宴乐之所,这里是说皇帝日日享乐。

④ 周家:此是周国之诗。

⑤ 七月诗:《诗经·豳(bīn)风》有"七月"一诗,写的是农民一年辛勤劳动的过程与生活情况。

⑥ 斯世:这个世界。

⑦ 嫩汤:刚烧滚的开水。汤,古时指滚开的水,并不指菜汤。

⑧ 软火:文火。

课婢①耘蔬甲②,呼儿下钓筒③。

生涯君勿笑,聊足慰途穷④。

……

【按】这首五律是公元1189年冬天所作。陆游虽说"心已忘斯世",但实际没有忘,若真忘,就不会有"途穷"之叹了。在第二首诗中,他说"敢言消壮志,要是息危机",即他虽还乡而壮志未消,而危机是暂时过去了。在第三首诗中,他说"学古心犹壮,忧时语自悲";曹操说过"烈士暮年,壮心不已";范仲淹说过"先天下之忧而忧"。他不愿做一个不问世事的隐士,尽管他已"途穷"。

此时,陆游的生活已相当困难了,"耘蔬""下钓"是为了解决副食品问题,在第三首诗中,他说"裘薄""箪空""乞米""借车",以郎中(相当于现在的司长)而落到如此田地,不能不"典衣"(把衣服去当钱)了,还"心犹壮",岂不愧杀庸人。

【译】

对这个世界,我早已忘掉;

---

① 课婢:督促丫头。富贵人家的婢女是买来(或抢来)的,以服侍主人;陆游的婢女从各诗来看是领来的,在陆家吃饭,干些做饭种菜等杂活,当陆游穷得自己也没饭吃的时候,婢女就回去了。

② 蔬甲:大叶子的蔬菜,如青菜、白菜之类。

③ 钓筒:钓鱼的篾筒,鱼能进去,但不能游出来。

④ 途穷:穷途,没有出路的处境,陆游已做农民,没有比这更差的了。

而老头子啊,老天还让我活得很好。
刚滚的水,泡出茶来如乳白,何等妙;
地炉在煨着东西,让文火慢慢烧。
督促丫头把菜园里的杂草拔掉,
叫孩子们到河里把钓筒安放好。
这样的生涯请您不要笑,
还可以安慰穷途的人直到终老。
……

卷二十二

甜羹

（菘、芦服①、山药、芋作羹）

山厨薪桂②软炊粳，旋洗香蔬手自烹。

从此八珍③俱避舍，天苏陀味④属甜羹。

【按】这首七绝是光宗绍熙二年辛亥（公元1191年）早春所作。陆游不是贪官，没有什么不义之财。回乡一年多，穷得柴米不继，只好喝点稀粥，加上"瓜菜代"了。所谓甜羹，不过是杂煮，没有加什么糖，只是自然的甜味，吃多了会反酸，经历过的老年人都知道。然而，陆游却给它取了一个好听的名词，还说什么比"八珍"都好吃，真够幽默的。可以看出，陆游是能安于贫贱的。

【译】

柴贵买不起，厨房里用文火煨点粥，

当不了饱，赶快再洗点白菜、山药、芋头还有胡萝卜。

什么八珍，从此它们都退出我的屋，

甜羹啊，天地间的美味非你莫属。

---

① 芦服：萝卜，这里似指胡萝卜。
② 薪桂：柴像桂树那么贵。因为柴贵，只能用文火（只须杂草即可）煨羹了。
③ 八珍：古人说的最好的八样菜。后泛指珍贵的美馔佳肴。
④ 天苏陀味：美味。

小雨云门①溪上

好雨疏疏压暮埃，断云漠漠带春雷。

离黄②穿树语③断续，翠碧④衔鱼飞去来。

生菜⑤入盘随冷饼，朱樱上市伴青梅。

狂吟不是夸强健，老气⑥如山⑦未许摧⑧。

【按】这首七律是公元1191年清明所作。陆游是孝亲敬祖的，时逢清明当然要去扫墓，可是穷得只能供上"冻齑冷饭"，对不起祖先，只有"抚事兴怀涕自零"了。对于自己来说，吃点生菜、冷饼算个啥，不要看我已经六十七岁，还顶得住，还死不掉。"老气如山未许摧"，不仅是对贫穷的宣战，也是对迫害他的小人的宣战，他是永不屈服的硬骨头。

【译】

小雨疏疏，有利庄稼，压住暮埃。

断云漠漠，伴随着隆隆春雷。

鸣叫声断断续续，黄莺儿在树间徘徊。

---

① 云门：在镜湖的对面。陆游因清明节扫墓而顺便去那里。

② 离黄：鸟名，黄鹂，今叫黄莺。

③ 语：指莺声。

④ 翠碧：一种绿色的水鸟。

⑤ 生菜：未煮的菜，青菜、白菜切碎后揉以盐，便可生吃。陆游因穷，扫墓祭祖只有"冻齑冷饭"，无钱进饭店，自带生菜、冷饼在路上充饥。

⑥ 老气：老健的气概。

⑦ 如山：稳如泰山。

⑧ 未许摧：不允许推倒，即还死不掉。

衔着鱼儿，翠绿的水鸟飞去又飞来。

吃点冷饼，盘中是生菜一堆。

樱桃上市了，还有青梅。

说句狂话，不是自夸有个强健身躯，

老来气概稳如泰山，不怕谁来摧，

生菜冷饼算个啥哉！

村居初夏

……

煮酒①开时日正长，山家随分答年光②。

梅青巧配吴盐白，笋美偏宜蜀豉③香。

风暖紧催蚕上簇④，雨余闲看稻移秧。

老夫见事真成晚，浪走人间两鬓霜⑤。

……

故乡风物胜荆吴，流水青山无处无。

列植园林多美果，饱锄畦垄富嘉蔬。

---

① 酒：从第一首诗可知，这是隔年陈酒，即绍兴酒，这种酒要煮热了喝为好。

② 随分答年光：根据自己的条件随着季节的转移而干活吃饭。

③ 蜀豉：四川产的豆豉。

④ 蚕上簇：蚕宝宝上草簇，即去结茧子。

⑤ 浪走人间两鬓霜：这里是说枉空活到这么大一把年纪。浪走，空度，空过。

桥边来淬①劙②桑斧，池畔行芟③缚粽菰④。

我有素纨⑤如月扇，会凭名手作新图。

【按】陆游回乡已逾年半，对故乡风物十分热爱，而且还有点偏爱，祖国山河处处好，哪能说湖北和江苏就不如浙江呢？这几首诗描写了山阴的初夏，眼前出现的是一片农忙的景象，还有时鲜的农村食品，好像是个太平盛世。在这样的环境中，陆游有所领悟。就选这两首（一、二、四首略）来说，在第三首中，陆游看到农民随着季节而变换食品、安排农活，因而领悟到自己也应因时（形势的发展）制宜、因地（所在地）制宜、因职（职务）制宜，硬干是没有用的。第五首似乎没有什么含意，其实还是有的，他用了纨扇的典故。汉时班婕妤因失宠而作"纨扇"诗，指责皇帝需要时宠我，不要时抛弃一边。陆游也有同样的感触。从"作新图"来看，也许他仍想再出来干一番的。

【译】

……

黄酒煮开时白天正长，

---

① 淬（cuì）：把烧红了的铸件往水或油或其他液体里一浸立刻取出来，用以提高合金的硬度和强度。

② 劙（lí）：刺，砍。

③ 芟（shān）：割草。

④ 缚粽菰：菰叶狭长，可用以包粽子。

⑤ 素纨（wán）：白绢，可做团扇。团扇上一般都要绘画。

农家随分做事,四季不一样。

梅子青青,巧配吴盐白如霜;

竹笋已鲜,点上蜀豉更加香。

蚕儿快上簇,熏风紧催暖洋洋;

阵雨刚过,我闲立田边看插秧。

我见事真晚,不懂得随时推移,

枉空活到了头白如丝,不如农民会因时制宜。

……

故乡风物胜过湖北和江苏,流水青山没古一处无。

园林里鲜美果树一株株,勤种菜地各样蔬菜一棵棵。

桥边在干什么?原来在淬砍桑斧。

池畔在干什么?原来在割蓤叶把粽裹。

一把白绢扇团团如月扇,

要请名手在上面画新图。

卷二十三

思蜀

……

玉食峨嵋栮，金齑①丙穴鱼②。

常思晚秋醉，未与故人疏。

白发当归隐，青山可结庐。

梅花消息动，怅望雪消初③。

【按】这首诗是在公元1191年冬天所作。陆游在四川时想东归，东归之后却思蜀，这是什么缘故？东归原想有所作为，却事与愿违，久闲在乡。在乡有意气相投的朋友谈谈也好，却没有朋友。朋友呢？死的死了，发达的疏远了，"故人官达寄书稀"，就有一种孤独感，想起在川的老友了。

【译】

供作玉食的是峨眉山的木耳，

---

① 金齑：金黄色的齑，实际指橙酱，用以蘸鱼吃。

② 丙穴鱼：丙穴有两种解释，一种为大丙山（陕西略阳东南）的洞，洞中有潜流，春三月，有鱼从洞中跃出，称为嘉鱼；另一种为向丙（即南方，阴阳家所谓"南方丙丁火"）的山洞，也是洞中有潜流，有鱼。据说，四川万源县东北及雅安县南，都有丙穴，都出嘉鱼。总之，丙穴鱼是从山洞中地下河游出来的鱼，这种鱼有的世代生活在地下河，视觉器官已退化；有的是从地下游进去的，那是一般的鱼。春夏水大地下河流涌出洞穴，鱼就随之而出了。丙穴鱼好在哪里？也许肉质是细嫩的，而且没有污染。

③ 怅（chàng）望雪消初：这句是说希望在四川的老朋友能够到山阴来聚聚。

蘸橙酱吃的是珍希的丙穴鱼。
常想到当年在犍为晚秋欢饮十日,
到现在老友如在目前未曾生疏。
大家头发都白了应当归隐,
在四川的青山中可以结座茅庐。
梅花已经含苞有了开放的信息,
在雪消之初烦闷地等待你们的到来。

卷二十四

蔬食戏书

新津①韭黄天下无，色如鹅黄三尺余。

东门彘肉更奇绝，肥美不减胡羊酥。

贵珍讵敢②杂常馔，桂炊③薏米圆比珠。

还吴④此味那复有，日饭脱粟⑤焚枯鱼⑥。

人生口腹何足道，往往坐役七尺躯。

膻荤从今一扫除，夜煮白石⑦笺⑧阴符⑨。

---

① 新津：在成都西南。

② 讵（jù）敢：岂敢，怎敢。

③ 桂炊：用桂树当柴来烧，这里是指用的上好木柴。

④ 吴：陆游用"吴"的地域范围不固定，有时把浙江排除在外，有时又包括浙江，这里是后者，实际即指山阴。

⑤ 脱粟：脱粟饭，即糙米饭。

⑥ 枯鱼：干鱼，如腌鱼。这里仅是陆游罢官以后的情况，是他没钱买不起好米和鲜鱼，并非山阴不产。

⑦ 夜煮白石：据说，神仙煮白石而食，味道像芋头，这里是说晚上什么东西也没有吃，只好挨饿。

⑧ 笺：注释。

⑨ 阴符：阴符经，有几种，第一种是太公阴符，属兵法，已失传；第二种是黄帝阴符，属道家，朱熹曾为之考定；第三种是阴符经讲义，是神仙家言。从陆游的思想看，应指兵法，暗示不忘北伐。从现实看，应指道家，他与朱熹是朋友，且此书尚在。从"煮白石"看，应指神仙家，表示要炼丹烧汞不食人间烟火，因为人间美味吃不到。

【按】这首诗是绍熙三年壬子（公元1192年）早春所作。陆游因为穷，餐桌上只有素没有荤，就不免想起四川的美食来。问题不在于山阴没有好菜，而是没钱买；如果他流落在四川，还是吃不到韭黄炒肉丝的。面对现实，他只能自己宽解，我不愿为口腹而奔波，还是去注释古书，从书中去求得乐趣吧。

【译】

新津的韭黄，堪称天下无，
色泽像鹅黄，长有三尺余。
东门的猪肉，更奇更特殊，
肥嫩又鲜美，可比胡羊酥。
配此珍贵菜，寻常饭食哪能入庖厨？
木柴煮薏米，滚圆像明珠。
这种美味不再有，回到山阴徒叹吁：
天天吃的糙米饭，外加一块臭咸鱼。
人生的口腹不值得称道，
为了一张嘴往往忙坏了七尺身躯。
膻的荤的从今天起一概不要，
夜里煮白石当饭去注释古老的阴符。

卷二十五

秋日郊居

……

秋日留连①野老②家,朱槃③鲊脔粲如花。

已炊䉲散④真珠米,更点丁坑白雪茶。

(原注:䉲散,米名;丁坑,茶名。)

又

车荡⑤比邻例馈鱼,流涎对此四腮鲈。

北窗雨过凉如水,消得先生一醉无!

……

【按】这几首诗是公元1192年秋天所写。从诗中我们可以看到陆游同邻居们的关系不错,一位老农民还热情地留他住下,给以丰盛的招待。䉲散米看来是较好的粳米,可能体形较圆,煮熟后有透明感。

---

① 留连:待几天。

② 野老:老农。

③ 槃(pán):同"盘"。

④ 䉲(lěi)散:米名。

⑤ 车荡:把荡水车干(用水车提水,故曰车),把鱼全部捕上来。陆游的邻居是鱼荡主人,车了荡,要送些次等的鱼给四邻,以示庆祝和感谢四邻的照顾。荡,鱼荡,即鱼池。

【译】

……

秋天里，在老农家待了几天。

红漆盘，腌鱼大肉漂亮得像朵花。

煮的䉺散米，如同珍珠实堪夸。

茸毛雪白，还来了一点丁坑茶。

又

邻居车荡，老规矩要送一点鱼。

淌着口水，直盯着这条四腮鲈。

秋雨才过，天凉如水北窗虚。

先生喝醉身暖和，凉气根本不在乎。

……

壬子九日登山小酌

老怀多感惊佳节，病骨宜寒喜薄霜。
玉脍齑①中橙尚绿，彩猫糕上菊初黄②。

---

① 玉脍齑：供白切肉蘸的酱，即橙酱。玉脍，白切肉。
② 彩猫糕上菊初黄：据《武林旧事》记载，重九要互相送"菊糕"（重阳糕），糕面上有各式花样，做一只狮子，插上彩旗。《梦粱录》也有类似记载。看来，在杭州，糕上做一只狮子，在乡下是做一只彩猫；在杭州，糕上插一面彩旗，在乡下是插菊花。

几年虚负登高兴①,何许重寻落帽狂②?

浅酌易醒归薄暮,又成支枕③独焚香④。

【按】陆游为什么在重阳日有如此感慨呢?他点出了"落帽狂"。东晋大臣桓温于重阳节在龙山举行登高之宴,孟嘉是个有名人物,为桓温参军,参与宴会,风吹帽落而不觉,桓温命孙盛为文嘲之,孟嘉答文甚美,四座叹赏。大概陆游过去也参加过这样的登山之宴,在宴会上也曾赋诗作文为众所叹赏,而现在却在乡村,纵然登高也无兴致,所谓"重寻落帽狂",即何时才能再返朝廷参加这样的宴会。正好前不久曾上书"乞再任冲佑",但朝廷没有答复,当然就更加失眠了。

【译】

老年感慨多,忽惊到重阳。

病体宜天凉,最喜下薄霜。

玉脍调橙齑,微绿又芬芳。

彩猫在糕上,再插菊初黄。

几年登高日,空有兴一场。

何日再能够,重寻落帽狂。

---

① 登高兴:登高之兴。据说,费长房叫桓景在九月九日登高(上山)以避祸,这就是登高之始。

② 落帽狂:晋孟嘉,重阳节参加龙山之宴,风吹帽落,他却不觉得。

③ 支枕:因睡不成,故以手支枕。

④ 焚香:有一种安息香,点了可以使人安神入睡。

小酌容易醒，傍晚回村庄。

支枕不能睡，独点安息香。

初冬

已罢弹冠①欲挂冠②，一庵③天遣养衰残。

雨荒④园菊枝枝瘦，霜染江枫叶叶丹。

羹釜带鳞烹白小⑤，蓬门和蔓系黄团⑥。

夕阳更动闲游兴，十月吴中未苦寒。

【按】陆游承认自己已是衰体残年（六十八岁了），"人比黄花瘦"，而且穷得要命，只能叫孩子们（多半是小孙子）捞些小鱼煮点汤，把南瓜当饭吃，但他却认为虽已"近黄昏"，却"夕阳无限好"，还可以做点事情，从"未苦寒"来推测，说不定他已得到一些有利的消息，可以"闲游"一番了。

【译】

已经罢官用不着再辞官，

---

① 已罢弹冠：已被斥退。弹冠，将出去做官。

② 欲挂冠：是说想辞官。既已不是官又何来辞官？何况他还在"乞祠"。这句话费解，"欲"字恐有误，若改成"免"字则通，留待博雅赐教。挂冠，辞官，致仕（退休）。

③ 庵：茅屋，并非尼姑庵。

④ 雨荒：指不下雨。

⑤ 白小：大概是指小而白色的杂鱼。因太小，故不去鳞，且只能做汤。

⑥ 黄团：从"和蔓"来看，应是南瓜。

天赐茅屋养身，残年可安。

菊花枝枝瘦小，因为天气太干；

江枫叶叶发红，因为染霜冒寒。

带鳞煮汤，白鱼虽小尚可佐餐；

蓬门常开，连蔓收来南瓜团团。

夕阳无限好，游兴勃发去寻欢。

今年十月山阴并不太寒。

卷二十七

戏咏山阴风物

万里秦①吴②税驾③迟，还乡已叹鬓成丝。

城边绿树山阴道，水际朱扉④夏禹祠⑤。

项里杨梅盐可彻，湘湖莼菜豉偏宜。

图经草草常堪恨⑥，好事它年采此诗⑦。

（原注：①太白《梁园吟》云："玉盘杨梅为君设，吴盐如花皎白雪。"不知杨梅酸者乃荐以盐，佳品未尝用也⑧。②莼菜最宜盐豉。所谓未下盐豉者，言下盐豉则非羊酪可敌，盖盛言莼羹之美尔。）

---

① 秦：指陆游在陕西南部等地做官。

② 吴：指在镇江、南昌等地做官。

③ 税驾：解驾，即离开官职。

④ 朱扉：红门。

⑤ 夏禹祠：似即禹迹寺。

⑥ 图经草草常堪恨：这里是说，山阴地方志记载了项里的杨梅，但十分简单（草草），没有把用盐的问题详细说明，实在可恨。图经，指地方志。

⑦ 好事：好事者，即以后著书愿意多事介绍项里杨梅的作者。采此诗：即希望"好事者"把这首诗采录进书中去。

⑧ 关于吃杨梅用盐的方法：一碗杨梅，抓些盐在上面，颠动瓷碗，使每个杨梅都沾到盐。稍停片刻，杨梅汁出，即可吃。加盐可以解酸（酸的杨梅其颜色鲜红），陆游的话是对的。但上品杨梅（紫红色）也非不必用盐，因为杨梅没有皮或壳包裹，肉质裸露，易被苍蝇下蛆，用盐后，蝇蛆自出，便可处理了；否则，蛆在肉中看不到又捉不出，一口咬到，很不卫生。因而，李白的话是对的，符合卫生观点。

【按】光宗赵惇绍熙三年壬子（公元1192年）十一月十八日，陆游蒙恩再领冲佑观，以官视大卿监（与大卿监同一级别），每年官俸及实物所得有一千多贯，生活是无忧了，虽同样闲居，但心情不同。这首七律是次年夏所作，没有愁苦之语，却想到了地方志，不说在秦吴未实现志愿，却说回乡太迟，不如现在快活，思想似有些消极了。

【译】
万里做官到秦吴，告退太迟。
回到家乡真可叹，两鬓如丝。
家乡风物多美好，听我吹吹：
山阴道上人不绝，绿树直到城池；
水网交叉小桥多，红门是夏禹祠。
项里杨梅红发紫，用盐可洗；
湘湖莼菜滑又嫩，下豉最宜。
常恨方志记载略，草草其词；
他年若有好事者，请采此诗。

闲居对食书愧

游宦无功坐①免归，谁令②盘箸极甘肥？

---

① 坐：因此。

② 谁令：有感激皇恩之意在内了。

锦鳞差尾①鱼登俎②，绣羽骈头③雉触机④。

桑落⑤满壶春盎盎⑥，雨前⑦辗硙⑧雪霏霏⑨。

残年何地⑩酬⑪君赐，自古羁臣⑫厌蕨薇。

又

老病家居幸岁穰⑬，味兼南北饫⑭枯肠。

满脾⑮蜜熟饧餭⑯美，下栈⑰羊肥馎饦⑱香。

---

① 差尾：鱼不止一条。差，不齐。

② 俎：砧板。

③ 骈头：成对。

④ 触机：触发机括，这是一种用竹子做的捕猎野鸡的装置。

⑤ 桑落：这是用桑椹酿成的酒。

⑥ 春盎盎：春意盎然。盎，茂盛；兴盛；盛大。

⑦ 雨前：谷雨前的茶。

⑧ 辗（zhàn）硙（wèi）：转磨，指碾碎茶叶。

⑨ 雪霏霏：指碾碎后的茶叶被吹飞扬。霏霏，纷纷飘扬。

⑩ 何地：从哪里，即不可能。

⑪ 酬：酬谢，报答。这里是说无法报答君恩。

⑫ 羁（jī）臣：不在职的臣子。

⑬ 岁穰（ráng）：丰年。

⑭ 饫（yù）：吃饱。

⑮ 脾：这里指蜜蜂的"脾"，因为古人认为蜜是蜜蜂吸进"脾"后再吐出来的。

⑯ 饧（zhāng）餭（huáng）：据说是麦芽做的饴糖。陆游这里所说，则是用蜂蜜做的一种食品，不知是用蜜做馅还是把蜜和在面（粉）里。

⑰ 下栈：牵出羊栏的。栈，这里指羊栏。

⑱ 馎（bó）饦（tuō）：汤饼，烤成的薄饼，切成条，放入肉汤；或者如同山西的"刀削面"。

鱍剌①河魴初出水，迷离②穴兔③正迎霜④。

山僧一钵无余念，应笑先生为口忙。

【按】这两首七律是癸丑（公元1193年）秋天所作。因为祠禄不少，陆游的生活很好，美食之余，他想想这些从何而来。首先是要钱，这就得感谢君恩，活鱼、野鸡、桑葚酒、雨前茶，这些都是买来的。其次是适逢丰年，自家养的肥羊和割的蜂蜜、孩子们捕的魴鱼、打的野兔，以及用自打粮食做的饹馍和馎饦。在为朝廷办事吗？没有。老百姓能吃得这样好吗？不能。陆游感到惭愧了，这是他的可贵之处。但是，他感谢君恩而不问官俸是从百姓处盘剥来的，这是他的不足之处。

【译】

做官没有功，因此罢免归；

是谁使得我，菜肴很肥美？

在砧板上，鲜鱼长短不齐；

还有一对漂亮的野鸡刚触机。

满壶桑葚酒，春色盎然如绯；

碾细的雨前茶，好像白雪霏霏。

残年要报答皇帝所赐，机会极希；

---

① 鱍（bō）剌（là）：鱼摆尾声。说明鱼新鲜。

② 迷离：《木兰辞》"雌兔眼迷离"，指兔子眯着眼睛的样子。

③ 穴兔：洞中的兔子，即野兔。

④ 迎霜：指秋天。即秋天的兔子肥美。

自古去职的官员,只能天天吃蕨薇。

又

老病家居,幸逢年岁丰穰;

因此南北美味滋润了枯肠。

割到的蜂蜜,做出了美味的怅饨;

出栏的肥羊,汤泡馎饦格外香。

鳜刺直跳,是刚出水的河鲂;

野兔肥美,因为秋天有丰富的食粮。

和尚只吃一钵饭,其他不在心房;

他们应该好笑,你先生只为口腹在忙。

卷二十九

陈少监饷澄清堂酒

酣畅年来岂易逢,齑汤蜜汁亦时中①。

玉醑②忽逐春风至,一吸悬知百榼空。

【按】这首诗是公元1193年终所作,陆游好酒,常嫌不足,陈少监从临安派人送酒来,正是时候。此诗有助于弄清齑汤、橙齑是什么东西。

【译】

年来酒难得有,喝得不酣畅;

酒渴时喝的是蜜汁和橙齑汤。

白酒忽然随着春风到吾乡,

喝起来想必有一百杯也喝光。

---

① 时中:正是时候。这里是说想喝酒的时候没有酒,以齑汤、蜜汁代替,它们正好解了酒渴。由此可见,齑汤不是青菜汤。与蜜汁类似的可代酒的是什么?从陆游常提到橙齑来看,齑汤是用捣烂的橙齑冲的水,现在叫橙子水,酸中有甜,自可代酒。

② 玉醑:白酒。

卷三十一

偶得长鱼巨蟹，命酒小饮，盖久无此举也

老生日日困盐齑①，异味棕鱼②与楮③鸡。
敢望槎头分缩项④，况当霜后得团脐。
堪怜妄出缘香饵⑤，尚想横行向草泥⑥。
东崦⑦夜来梅已动，一樽芳酝径须携。

【按】这首七律是绍熙五年甲寅（公元1194年）秋所作。由于物价上涨和祠禄期满，陆游的生活又比较困难起来，偶得鱼、蟹便喜出望外。但从"堪怜""尚想"一联来看，陆游是有微词的。一是说不要贪图禄位而"妄出"，这不但警人而且有自警之意；二是说横行者终有失势被烹之日，这当然是指小人之辈。

---

① 盐齑：碎菜揉以盐，水出即可吃。

② 棕鱼：棕笋。是棕榈树的花苞，中有细子，状如鱼腹孕子，味如苦笋而通甘芳，蒸熟后吃。

③ 楮（chǔ）：树的果实，如杨梅，可吃，大概指此。

④ 槎（chá）头分缩项：据说，岘（xiàn）山下汉水中，出鳊鱼很肥美，禁止人捕以槎（木筏）断水，叫"槎头缩项鳊"。

⑤ 堪怜妄出缘香饵：这句指鳊鱼，看来此鱼是家人钓来的。由此可知，陆游这里说的长鱼只是泛指一般的鱼。饵，鱼食，用以引鱼上钩。

⑥ 尚想横行向草泥：这句指螃蟹，也是捕来的。

⑦ 东崦（yān）：东山。

【译】

真是讨嫌,我天天吃盐齑;

最好的菜不过是棕鱼和楮鸡。

不敢指望在河溪里钓到鳊鱼,

何况捕到螃蟹霜后只只团脐,

想不到现在都到齐。

你鳊鱼可怜为香饵所迷,

你螃蟹还想横行向草泥。

夜来梅花消息已动,在东山蹊;

煮鱼蒸蟹,不是忘把一壶好酒携。

霜夜

梅花欲动梦魂狂,橙子闲搓指爪香①。

莫怪草堂清到骨,一梳②残月伴新霜。

又

黄甘③磊落围④三寸,赤蟹轮囷可一斤⑤。

---

① 橙子闲搓指爪香:搓橙子是做橙齑,以便调味。

② 一梳:指月亮像梳。这是二十三日左右的月亮。

③ 黄甘:黄柑。

④ 围:圆周。

⑤ 可一斤:蟹重一斤恐很少,这是夸张的说法。可,接近。

更唤东阳①曲道士②,与君③霜夜策奇勋④。

(原注:时东阳饷酒。)

【按】这几首诗是公元1194年十月所作。陆游为何老写"梅花欲动"?原来那年六月,宋孝宗赵昚死,光宗赵惇对赵昚不满,称病不居丧。赵汝愚和韩侂(tuō)胄(zhòu)举行政变,拥立太子赵扩为皇帝,即宁宗。陆游对政局变动有幻想,认为可能会有好消息。这就是所谓"梅花欲动"。梅花开则春天到,他希望有一个政治上的春天。

【译】

梅花快开了,想得我梦魂也狂。
空来把橙子搓成齑酱,指爪也香。
不要奇怪草堂入骨的清凉,
梳子般的残月照着新霜。

【又】

饱满的黄柑周围有三寸长,
螃蟹差不多重一斤,滚圆金黄。
再弄点好酒,出自东阳,
同你在霜夜把这些东西消灭光。

---

① 东阳:浙江金华。
② 曲道士:酒。东阳酒很有名。
③ 君:指酒。
④ 策奇勋:这是戏语,如同现在所说把黄柑和螃蟹消灭掉。

杂咏园中果子

不酸金橘种初成，无核枇杷接亦生。

珍产已从幽圃^①得，浊醪仍就小槽倾。

又

浆石榴^②随糕作节^③，蜡樱桃^④与酪同时。

两株偶向池边种，可喜今年坠折枝^⑤。

又

架垂马乳^⑥收论斛^⑦，港^⑧种鸡头采满船。

鼋鼎若为占食指^⑨，曲车未用堕馋涎。

又

山杏溪桃本看花，累累成实亦堪夸。

---

① 幽圃：冷静的果园。

② 浆石榴：一种籽小肉厚的石榴，俗称水晶石榴。

③ 随糕作节：《武林旧事》说，重阳糕上"缀以榴颗"。

④ 蜡樱桃：蜜蜡色的樱桃，未曾见过。

⑤ 坠折枝：因枝上结果太多而下坠。

⑥ 马乳：葡萄名，形如马的乳头，现叫牛奶葡萄。

⑦ 斛：五斗为一斛。

⑧ 港：水港，这里指小河小溪。

⑨ 鼋鼎若为占食指：古时有一人说，我若要有"异味"吃，食指（第二指）必先动；有一次，他的食指动了，果然国君请他吃鼋羹，得知此事，不给他吃了。他就把食指伸到鼎（盛鼋羹）中蘸了一下，尝一尝，称为"染鼎"。 这里是说，葡萄和鸡头都是异味，好像专门给我吃的。

盐收①蜜渍②饶③风味,送与山僧下夜茶④。

【按】这几首诗也是公元1194年10月所作。看来,陆游及其家人们的园艺技术不错,不酸金橘、无核枇杷、蜡樱桃,在现在也属于名种,不知治园艺史者注意到没有。

【译】

不酸的金橘,试种刚成。

无核的枇杷,嫁接也生。

珍产已到,虽然果园不出名。

小槽仍在出酒,即使浊而不清。

又

浆石榴跟着重阳糕,节令所宜。

蜡樱桃成熟,却在乳品上市时。

偶然在池边种上两株,

产果多得压弯了树枝。

又

架上满垂马乳葡萄,要论斛收。

港里种的鸡头,采上来装满小舟。

像家有鼋鼎,食指动不用愁。

---

① 盐收:用盐腌。
② 蜜渍:用蜜浸。
③ 饶:饶有,很有。
④ 下夜茶:当夜点心。茶,不一定非泡茶不可,但吃的东西(哪怕只有一碗白饭)一定要有。吃早茶,就是吃早点心,现在农村还有这种说法。

像家有酒车,馋涎不用流。

又

山上杏树,溪边桃树,本来只为看花。

杏子桃子紧紧结满,倒也值得夸。

用盐腌好,用蜜浸透,风味绝佳。

做做人情送给和尚当夜茶。

效蜀人煎茶,戏作长句

午枕初回梦蝶①床,红丝小硙②破旗枪③。

正须山石龙头鼎④,一试风炉蟹眼⑤汤。

岩电⑥已能开倦眼,春雷不许殷枯肠⑦。

饭囊酒瓮⑧纷纷是,谁赏蒙山⑨紫笋⑩香。

---

① 梦蝶:庄子做梦化为蝶,就像本来就是蝴蝶,醒来后又是庄子,不知道是庄子做梦化为蝶,还是蝴蝶做梦化为庄子。这是庄子的寓言。这里是说午睡初醒。

② 红丝小硙:红丝石(产自山东益都,名石,做砚称为红丝砚)做的茶碾。

③ 旗枪:茶名,现在仍用。

④ 龙头鼎:鼎上浮雕龙头作为装饰。山石凿成的鼎一般作焚香用,没听说作烧煮用,可能是陶壶、陶罐,所谓"山石龙头鼎"不过是诗人的描写。鼎,三足器,大小不一,用途也不一。

⑤ 蟹眼:茶煮开时上面泛起一个个的水泡。

⑥ 岩电:指煮茶时水面上的一道道闪光。

⑦ 春雷不许殷枯肠:此句是说,茶滚开时只能闻不能喝(太烫)。春雷,指水煮滚时的"噗噗"声。殷,这里作"充实"解。

⑧ 饭囊酒瓮:酒囊饭袋。指只知以吃喝为事的人。

⑨ 蒙山:蒙顶山,在蜀州。

⑩ 紫笋:茶叶名。

【按】这首诗是在公元1194年十一月或十二月所作。笔者选它是为了介绍当时的煎茶法：（1）要把茶叶碾碎，工具有铜碾或石碾，看来是一种臼形器，用杵碾碎；（2）煮茶要用瓦器或陶器（石器）；（3）要煎滚。

【译】

午睡醒来才起床，

手把红丝小硙在碾旗枪。

正要山石龙头鼎，

试一试风炉煮出的蟹眼汤。

眼睛已经发亮，是茶上的道道闪光，

滚得噗噗响，匆忙不能喝进枯肠。

世上纷纷都是，饭袋酒囊；

有谁能欣赏蒙山紫笋茶的芳香。

卷三十二

初夏

……

剪韭腌齑粟作浆①,新炊麦饭满村香。
先生醉后骑黄犊②,北陌东阡③看戏场④。

……

又

槐柳成阴雨洗尘,樱桃乳酪并尝新。
古来江左⑤多佳句,夏浅胜春最可人⑥。
(原注:"夏浅却胜春",徐陵⑦诗也。)

……

赐食金盘⑧出宝闱,玄⑨熊掌映紫驼蹄⑩。

---

① 粟作浆:小米煮粥。

② 犊:小牛。

③ 北陌东阡:村北村东。

④ 戏场:这是临时的演出场子,也所谓"草台戏"。

⑤ 江左:江东,即现在所说的江南。

⑥ 可人:为人们所许可(同意)。

⑦ 徐陵:南朝陈的文学家。

⑧ 赐食金盘:杜甫诗:"况闻内金盘,尽在卫霍室。中堂舞神仙,烟雾散玉质。暖客貂鼠裘,悲管逐清瑟。劝客驼蹄羹,霜橙压香橘。"杜甫指的是杨贵妃的姊妹及杨国忠。陆游恐怕也有所指,按当时情况,应指韩侂胄,因韩妻是宪圣皇太后的侄女。

⑨ 玄:黑。

⑩ 熊掌、驼蹄:八珍之内的高贵食品,由皇帝赏赐。

侯家但诧承恩泽①，岂识山厨苦荬齑？

……

【按】这几首诗是宁宗庆元元年乙卯（公元1195年）初夏所作，时年陆游七十一岁。诗中，陆游写的是农村初夏风光，好像一派太平景象。但他指出，农民虽然辛勤劳动，吃的不过是粟浆、麦饭、苦荬，而皇亲国戚这些寄生虫却吃熊掌、驼蹄，根本不知苦荬齑菜为何物。陆游并以唐明皇、杨贵妃为前车之鉴，指出南宋王朝的深刻矛盾和严重危机。

【译】

……

剪点韭菜，弄点腌齑，小米粥汤。
新麦已登场，满村都是麦饭香。
先生喝醉酒，骑着小黄牛到处走，
村北村东随意逛，看看草台戏场。

……

又

槐树柳树都成荫，阵雨洗尽灰尘。
樱桃乳酪并尝新。
古来江南多佳句：
"夏浅却胜春"，最是可人。

---

① 侯家但诧承恩泽：此句还是承前而来，用的杨家故事。杜甫诗："就中云幕椒房亲，赐名大国虢（guó）与秦。紫驼之峰出翠釜，水精之盘行素鳞。犀箸厌饫久未下，鸾刀缕切空纷纶。黄门飞鞚（kòng）不动尘，御厨络绎送八珍。"诧，夸耀。

……

赐食金盘出宝闱，旧事重提。

黑熊掌，紫驼蹄，八珍都齐。

侯家只夸恩泽希，管它鼓鼙。

岂识农家苦荬斋，什么东西！

……

山园屡种杨梅，皆不成，枇杷一株独结实可爱，戏作长句

杨梅空有树团团，却是枇杷解满盘。

难学权门①堆火齐②，且从公子③拾金丸。

枝头不怕风摇落，地上惟忧鸟啄残。

清晓呼僮乘露摘，任教半熟杂甘酸。

（原注：枇杷尽熟时，鸦鸟不可复御，故熟七八分则取之。）

【按】这首诗是那年四月所作。虽说鸟啄枇杷，其实是自叹。陆游说，他不愿投靠权门，但因为"苦饥寒"，不得不跟在公子后面拾些"金丸"（乞祠禄）。陆游说，政治上的狂风暴雨他不怕，却怕小人的攻击陷害。陆游承认，自己

---

① 权门：有权势的豪门。

② 火齐：指宝珠。

③ 公子：韩嫣。汉时韩嫣以金做弹丸，儿童们跟随在后面拾韩嫣打出去的弹丸，当时有童谣说："苦饥寒，逐弹丸。"这里把枇杷喻金丸。

有一定的缺点,这是环境所逼,没有办法。

【译】

　　杨梅不结实,空有树团团。

　　枇杷真懂事,结实屡满盘。

　　权门堆宝珠,难学因家寒。

　　且从公子去,俯身拾金丸。

　　狂风摇不落,牢牢在枝端。

　　唯忧鸟雀啄,地上尽烂残。

　　清晓乘露摘,呼童莫贪安。

　　只好八分熟,有甜亦有酸。

卷三十六

初夏

已过浣花天①，行开解粽筵。

店沽②浮蜡酒③，步舣④载秧船⑤。

古俗交情久，丰年乐事偏。

出波莼菜滑，上市鲚鱼⑥鲜。

僧阁梅山麓⑦，渔扉禹庙壖⑧。

丹青⑨不可画，得句一欣然

【按】这首五言排律是庆元三年丁巳（公元1197年）四月下旬所作，时年陆游七十三岁。上年冬，陆游被命再领冲佑，生活可以过得去。这是一首平常的田园诗。

【译】

已经过了浣花天，

马上就要开解粽筵。

---

① 浣花天：四月十九日。

② 沽：卖。

③ 浮蜡酒：酒面上有泡沫的酒，劣酒。

④ 步舣（yǐ）：走一步停一停。舣，停船。

⑤ 载秧船：放秧把的木制器具，平底，可在水田中滑行，故称为"船"。

⑥ 鲚（jì）鱼：鲥鱼。

⑦ 麓：山脚。

⑧ 壖（ruán）：同"堧（ruán）"，城下宫庙外及水边等处的空地或田地。

⑨ 丹青：图画。

村店卖的是浮蜡酒,
时行时停的是载秧船。
古老的风俗交情很久,
乐事偏多因为是丰年。
出水的莼菜滑得难上手,
上市的鲫鱼味道真真鲜。
和尚寺在梅山脚下有,
打鱼人家在禹庙墙外边。
画得再好也比它丑,
作出诗来不禁欣然。

村居

黍酒①浓浮瓮,瓜菹②绿映盘。
老便藜粥③美,病喜粟浆酸。
纱帽新裁稳,绤④袍旧制宽。
村居亦何好?聊用发诗端⑤。

【按】这首诗是公元1197年夏天所作,是一般的田园诗,但可看出,陆游是越来越老了。

---

① 黍酒:高粱酒。
② 瓜菹:腌黄瓜。
③ 藜粥:菜粥。
④ 绤(shī):茧绸,用茧皮织的绸,粗绸。
⑤ 发诗端:引发写诗的兴趣。

【译】

坛里的高粱酒这样浓；

盘里的腌黄瓜多么绿。

人老就爱喝菜粥；

中意粟浆酸，我有病客。

新裁的纱帽戴得稳，头发稀松；

老尺寸的茧绸袍太宽，身体在缩。

有什么好处，住这乡村茅屋？

要使诗兴勃发啊，就应做老农。

朝饥，食斋面甚美，戏作

一杯①斋馎饦②，老子腹膨脝③。
坐拥④茅檐日，山茶未用烹。

又

一杯斋馎饦，手自芼⑤油葱⑥。
天上苏陀供，悬知未易同。

---

① 一杯：一碗。

② 斋馎饦：菜面。

③ 膨脝（hēng）：吃饱后肚子鼓出的样子。

④ 拥：拥日，晒太阳。

⑤ 芼：这里作动词用，即熬葱油。

⑥ 油葱：葱油，为押韵而倒装。素油烧热，下葱屑略炸即起锅，叫"葱油"，吃面条时加一匙葱油，香而好吃。

【按】这两首诗是庆元四年戊午（公元1198年）初春所作，是一般的饮食诗。由于用积蓄买了一头牛（"老子倾囊得万钱，石帆山下买乌犍"），生活就不能不节约一些。吃碗菜面，觉得很好，表明他的知足常乐。

【译】
一碗菜煮面，
老子吃得肚皮胀。
坐在茅檐底下晒太阳，
山茶一点也不想。

又
一碗菜煮面，
自己动手熬葱油。
天上神佛享受的苏陀供，
料想滋味还不如它优。

卷三十七

新凉

……

菰首初离水,姜芽浅渍糟①。

粳香等炊玉,韭美胜炮羔②。

露下残芜③湿,风生万木号。

从今更何事?痛饮读《离骚》④。

【按】这首诗是公元1198年初秋所作。前面四句写的家常菜,虽然吃素,倒也蔬菜新鲜,白米饭香。接着从"凉"字上做文章,"残芜湿""万木号",草木生机将尽,这是天气的凉。那么,政局的"凉"又将如何呢?从政局的凉引起诗人心头的"凉",人非草木,人有思想,但人又似草木,对政局的"凉"无可奈何,无力回天,只有读读《离骚》,借屈原的酒杯,浇自己的块垒了。

【译】

菰首初离水,

鲜茭白,糟嫩姜,

---

① 糟:这是糟嫩姜。
② 炮羔:烤小羊。
③ 芜:乱草。
④ 《离骚》:屈原的主要作品,从自己的身世说起,写到对当时政治黑暗的愤慨,表明自己救国的愿望。

粳米白饭香，

韭菜胜过烤小羊。

白露下，乱草湿，

秋风急兮万木泣。

今后做何事兮把世逃？

只有痛饮兮读《离骚》！

小饮

莫笑放翁颠，歌呼覆酒船①。

双螯初斫雪②，珍鲊已披绵③。

寒雨连旬日，新橙又一年。

更须重九到，作意④菊花前。

【按】这首五律是公元1198年秋天所作，虽说小饮，但菜肴不错，颇为时人所羡。陶渊明说："采菊东篱下，悠然见南山。"他是不满政治现实而隐居的。当时韩侂胄用事，迫害赵汝愚，大搞"伪学之禁"，打击朱熹、周必大等人，陆游与韩有某种联系，思想上很矛盾，想想还是学陶潜的好，不如"作意菊花前"吧。

---

① 覆酒船：歌呼之声把船都震翻了。酒船，据说东晋毕卓但愿在酒船中，一手拿酒杯，一手拿螃蟹，一生便满足了。

② 雪：形容蟹肉的白。

③ 披绵：盖上酒糟，这里是指糟鲞鱼。

④ 作意：兴起感想。

【译】

不要笑放翁疯疯颠颠，
又唱又喊震翻了酒船。
蟹螯的肉又白又鲜，
糟鲞鱼像披了一层绵。
寒冷的雨连下了十天，
新橙上市又过了一年。
还等什么？
重阳节就在眼前；
更有感想可写菊花诗篇。

卷三十八

戏咏山家食品

牛乳抨酥①瀹茗芽②,蜂房分蜜渍棕花。

旧知石芥③真尤物④,晚得蒌蒿⑤又一家。

疏索⑥乡邻缘老病,团栾⑦儿女⑧且喧哗。

古人不下⑨藜羹糁,斟酌龟堂⑩已太奢。

【按】戊午(公元1198年)冬,祠禄已满,陆游说"幸粗支朝夕,遂不敢复有请",因为"虽云幸得饱,早夜不敢安。乃知学者心,羞愧甚饥寒"。这首七律就是祠禄已满不久所作,表示安贫乐道的心情。

【译】

牛奶做酥去煮嫩茶,

---

① 牛乳抨酥:把牛乳做成乳酥。
② 瀹茗芽:煮嫩茶。乳酥煮茶,大概是红茶,看来是把茶煮好后再和以乳酥,可能是老年人的补品。
③ 石芥:石濡,生在石旁。
④ 尤物:出色的东西。
⑤ 蒌蒿:生在水边。苏轼:"蒌蒿满地芦芽短,正是河豚欲上时。"
⑥ 疏索:疏远。
⑦ 团栾:围聚。
⑧ 儿女:这是略而言之,实际上喧哗的主要是孙子们。
⑨ 不下:不撤下,即天天吃菜粥。
⑩ 龟堂:陆游称所居为龟堂,又是别号。

蜂房割蜜去浸棕花。

本来只知石芥出色可夸，

现在得到蒌蒿再加上一家。

疏远乡邻因为年老病体差，

团聚一起儿孙们日日喧哗。

常吃菜粥是古人的生涯，

比较起来龟堂生活已太奢侈。

岁首书事

东风入律①寒犹剧，多稼②占祥③雪欲成。

郁垒④自书夸腕力，屠苏⑤不至叹人情。

呼卢⑥院落哗新岁，卖困儿童起五更。

白发满头能且健，剩⑦随邻曲乐升平⑧。

---

① 入律：符合规律。律，规律。

② 多稼：庄稼多产。

③ 占祥：预占年成好。腊雪有利于庄稼，故称"占祥"。

④ 郁垒：据传说，上古有神荼、郁垒兄弟二人，专捉恶鬼，因此成为门神。旧俗，新年要在大门上贴上新的门神像。这里是指"春联"。

⑤ 屠苏：屠苏酒，旧俗元旦要喝屠苏酒，以避邪气。陆游祠禄已除，县里就不送酒了。

⑥ 呼卢：骰子旋转未定，赌徒大喊"卢"。呼卢，作"赌博"解。卢，古时赌博用骰子（上黑下白，与现在的骰子不同）五粒，五粒全黑叫"卢"，是最好的彩色，统吃。

⑦ 剩：剩下的，没有到的。

⑧ 乐升平：这里指赌钱和起五更。

（原注：①云阴作雪弥旬①，至开岁②，雪意愈浓，明日戊初立春，犹可为腊雪也。②今岁无馈屠苏者。③乡俗岁夕聚博，谓之试年庚。④立春未明，相呼卖春困，亦旧俗也。）

又

扶持又度改年时，耄③齿④侵寻⑤敢自期⑥。

中夕祭余分⑦馎饦，黎明人起换钟馗⑧。

春盘未抹青丝菜，寿斝⑨先酬白发儿⑩。

闻道城中灯绝好，出门无日叹吾衰⑪。

（原注：①乡俗以夜分分毕祭享，长幼共饭其余。又岁日必用汤饼，谓之冬馄饨⑫、年馎饦⑬。②今年正月二日立

---

① 弥旬：近十天。

② 开岁：新年。

③ 耄（mào）：八九十岁叫耄。

④ 齿：年齿，即八九十岁的年纪。

⑤ 侵寻：快到了。

⑥ 期：期许。

⑦ 中夕、余分：都是半夜里的意思。阴历除夕晚上，旧俗要祭祖宗（即张挂画像、陈设祭品、磕头礼拜等），到半夜祭毕，撤下祭品分吃。

⑧ 钟馗：传说中的神，专捉鬼吃，挂他的神像可以避邪，年初一要换新的像。

⑨ 寿斝（jiǎ）：祝寿的酒杯。斝，古时祝酒用的器皿。

⑩ 白发儿：陆游自指。

⑪ 叹吾衰：孔子说过："甚矣吾衰也，久矣吾不复梦见周公。"陆游暗用此典，是说自己身体衰弱得很厉害，以致不再梦见自己的理想人物。

⑫ 冬馄饨：冬至日吃馄饨。

⑬ 年馎饦：过年吃馎饦（汤饼、面条都是一回事）。

春。③客来多言府①中今岁上元②灯甚盛。)

【按】这两首诗是庆元五年己未（公元1199年）元旦所作。过新年本是件高兴的事，陆游虽然描写了新年的风俗与"升平"景象，自己还能写春联，子孙对他也很尊敬，但却感觉不到他有什么快乐，不是叹人情，就是叹吾衰，人们喧闹、看灯，他却十分孤独，不知能否活到八十岁（还有五年）。陆游心境之所以不好，除了已无祠禄之外，可能与当时政局有关。

【译】
虽吹着东风，冷气十分强劲，
今年可卜丰收，腊雪将作成。
动手写春联，腕力颇可自鸣，
屠苏酒不再送来，可叹当今人情。
院子里喧闹赌博令人心惊。
卖春困的儿童起身才五更。
白发老头还能干身体还能撑，
只是不能同乡邻们共乐升平。
扶持到今又度过了除旧更新之时，
八十快到不敢肯定能活到那时期。
夜半祭毕分吃面条，正好肚饥，

---

① 府：绍兴府。

② 上元：正月十五，晚上要举行灯会。

黎明人们起来，换贴新的钟馗像。

春盘未及装，青丝菜还在炊，

寿酒却先来，捧给我白发老儿。

听说城中灯会盛可嬉，

哪天能出门叹我已很老衰。

卷三十九

村舍杂书

……

五月新面成,六月甘瓜①熟。

作曲及良时,火见②金始伏③。

悬知桑落后,醅④面酴⑤如粥。

再拜谢天公,无功叨美禄⑥。

(原注:予家酿用宛丘瓜曲法⑦。)

又

折莲酿作醯⑧,采豆治作酱⑨。

---

① 甘瓜:甜瓜,大概是香瓜、南瓜之类。

② 火见:用火烧。

③ 金始伏:"金",指白色,经火而转成黄色,这里用的是"五行"之说,火克金,火生土。这种瓜曲法看来是把甘瓜切碎和面粉揉在一起,微火加温,待转色,即踩烂,做成一团团的瓜曲,放在缸中。由于当时是夏天,气温高,便自然发酵,一个月后,如粥状,便可压酒。

④ 醅:未榨的酒,带糟的酒。

⑤ 酴(nóng):同"浓"。

⑥ 无功叨美禄:指不花钱得到美酒。

⑦ 宛丘瓜曲法:淮阳瓜曲法。

⑧ 醯:从这句可知"醯"不是醋,用莲实酿成的应是一种较为稀薄的酱,类似现在的酱油。

⑨ 酱:黄豆酿成的是咸酱,蚕豆酿成的是甜酱。从前,普通人家都是自己做酱。把豆煮烂,和入面粉,切成一块一块(半包香烟大小),放在暗处让它发霉,待出了白毛,放入酱缸,加上盐和水,搅和,然后放在太阳底下晒(下雨要上盖),直到晒成。

开历①揆②日时,汲井涤瓮盎。

上奉时祭③须,下给春耕饷④。

咨⑤尔⑥后之人⑦,岁事⑧不可旷⑨。

又

东山石上茶,鹰爪初脱韝。

雪落红丝硙,香动银毫瓯⑩。

爽⑪如闻至言⑫,余味终日留。

不知叶家白⑬,亦复有此不⑭?

【按】己未(公元1199年)五月七日,陆游奉敕致仕,除了半俸每月二十多吊,什么供给都没有了。这几首诗是致

---

① 历:历本。

② 揆(kuí):计算。旧时的历本,在"日子"下面注明"宜"什么,做什么"吉"或"不利"。做酱是件大事,因此要翻开历本,查查哪天开始做酱吉利,这是一种迷信。

③ 时祭:逢时逢节的祭祀活动,除了公共的节日(冬至、除夕等)外,还有各家祖宗的"忌日"也要祭。

④ 春耕饷:春耕农忙,劳力在田里忙,不回家吃饭,家里人送饭到田头,叫春耕饷。

⑤ 咨:唉。

⑥ 尔:你们。

⑦ 后之人:后辈。

⑧ 岁事:每年应做的事,这里指酿醯酱。

⑨ 旷:旷废,空过。

⑩ 银毫瓯:这里指白瓷茶杯。

⑪ 爽:清爽。

⑫ 至言:最好的话。

⑬ 叶家白:茶叶名。

⑭ 不:通"否"。

仕不久所作,有甘心终老农村之意,写的都是农事。他坚持的只有两点,一是子孙要读书,做有文化的农民;二是轻爵禄、重名义,道虽不行,仍不可放弃。

【译】

……

五月新面初成,六月甘瓜正熟。

作曲把握好时辰,火烘白色退伏。

预计落尽桑葚,醅面发酵浓如粥。

再拜感谢老天公,赐我宛丘瓜曲。

又

剥出莲子酿作醯,采下豆子酿作酱。

翻开历本选个好日期,吊水洗瓮又洗盎。

上奉按时祭祀须,下给春天耕种饷。

唉,你们后辈要牢记,把握农时不可旷。

又

东山石上产好茶,好像鹰爪初脱鞴。

红丝硙中落雪花,白瓷杯上香气浮。

头脑清爽像听了正直话,余味在口终日留。

不知叶家白雪芽,也有这样的质量否。

卷四十

村邻会饮

陆子白首安耕桑,乐事遽数①乌能详②?
长罗③家家雪作面④,画楫⑤处处青分秧⑥。
迎荻⑦船归潮入浦⑧,祈蚕会⑨散月满廊。
有时邻曲苦招唤,茅檐扫地罗壶觞。
堆盘珍脍似河鲤,入鼎大胾胜胡羊。
披绵黄雀⑩曲糁美,斫雪紫蟹椒橙⑪香。
老人饱食可无患,摩挲酒瓮与饭囊。
儿孙扶侍递相送⑫,笑语无间⑬歌声长。

---

① 遽数:匆忙计算。

② 乌能详:怎能讲得详细。

③ 长罗:一种高身子的细箩,用以盛放面粉。

④ 雪作面:磨麦时面粉飞舞如雪。

⑤ 画楫(jí):画桨。这里指载秧船。

⑥ 分秧:在秧田中拔出秧再插到稻田中去。

⑦ 荻:一种长在水边的似芦苇的草。

⑧ 浦:河口。

⑨ 祈蚕会:祭祀蚕神祈求蚕茧丰收的庙会。

⑩ 黄雀:这是糟黄雀。

⑪ 椒橙:吃蟹的调味品。椒,椒末。橙,橙齑。

⑫ 递相送:一个接着一个地送出门。

⑬ 无间:不间断。

人间哀乐不可常①，掠剩有鬼在汝傍②。

常忧水旱虞③螟④蝗，力行⑤孝悌⑥招丰穰。

【按】这首诗是那年秋季所作。诗中写了农民的劳动、丰收、快乐和忧虑，写了邻里之情和儿孙之孝，这样的生活还是不错的。陆游想到的是"力行孝悌"和"招丰穰"，其他暂时放下了。

【译】

陆夫子，头发白，安于农桑；

快活事，匆忙算，哪能细详。

长面箩，家家磨麦面飞扬；

载秧船，处处青绿在插秧。

迎着荻草，潮入浦口船归航；

祈蚕结束，散会回家月满廊。

有时邻居请吃饭，苦苦相央；

扫净门前地，茅檐下摆列酒浆。

满盘鱼块像鲤鱼，亲切请我尝；

---

① 不可常：不会常此不变。

② 掠剩有鬼在汝傍：这句是说辛勤劳动的成果要当心被损害。鬼，指下句所说的水旱螟蝗。

③ 虞（yú）：担心。

④ 螟（míng）：稻螟虫。

⑤ 力行：努力奉行。

⑥ 悌（tì）：兄弟友爱。

锅里炖的大块肉，就像胡羊。

酒糟黄雀，鲜美异常；

雪白的蟹肉，蘸点椒橙更香。

老人饱餐一顿，没有忧伤；

摸摸肚皮，真像饭袋酒囊。

儿孙搀扶侍候，相送的人一排长；

路上笑语不断，歌声远扬。

人间悲哀快乐哪能经常；

果实当心掠去，提防有鬼在傍。

常担忧水灾、旱灾、稻螟和飞蝗；

努力奉行孝悌，招来丰穰。

卷四十二

村兴

身老交情见，孙生口数添。

园丁上牛米①，村婢博蚕盐②。

粔籹③堆盘白，饼餭出釜甜。

闭门君勿诮，衰病正相兼。

【按】这首诗是己未公元1199年十一月所作，写的是暮年情景。选此诗是为了提供粔籹、饼餭的情况。

【译】

老了还往来，可见交情坚。

孙子又出生，人口不断添。

园丁上牛米，牛壮可耕田。

村婢换蚕粪，蚕洁得安眠。

盘中堆粔籹，色白紧相连。

饼餭出锅来，又黏又是甜。

关门不出您勿笑，身衰体病正相兼。

---

① 上牛米：用稻草包煮熟的黄豆喂牛，好使牛体健壮。

② 博蚕盐：是说把蚕粪倒掉。博，换。蚕盐，即蚕粪。

③ 粔（jù）籹（nǔ）：从句中的"白"来看，它不是油煎的；又从陆游屡用"饼"来看，它不是饼，可能是米粉做的糕团之类。

饭罢戏示邻曲

今日山翁自治厨，嘉肴不似出贫居。
白鹅炙美加椒后①，锦雉羹香下豉初②。
箭茁③脆甘欺雪菌，蕨芽珍嫩压春蔬。
平生责望天公浅，扪腹便便已有余。

【按】这首诗是庆元六年庚申（公元1200年）初春所作，时年七十六岁。陆游自己会做菜，烤鹅是不容易做的，看来他技术很高明。

【译】
今日我有兴，做菜自下厨。
菜肴这样好，不像出贫居。
撒点胡椒，烤肥鹅更加香；
下点豆豉，野鸡汤鲜得异常。
箭竹笋胜过白蕈，嫩脆甘芳；
山蕨芽压倒青蔬，珍美优良。
平生对老天要求不高，
摸摸肚皮已经过饱，堪称老饕。

---

① 白鹅炙美加椒后：此句是说烤鹅撒上胡椒末。
② 锦雉羹香下豉初：此句是说野鸡汤里加豆豉。
③ 箭茁：箭竹的嫩笋。箭，箭竹，是山阴名产。茁，植物出土。

卷四十四

戏咏乡里食物示邻曲

山阴古称小蓬莱,青山万叠环楼台。

不惟人物富名胜,所至地产皆奇瑰①。

茗芽落硙压北苑②,药苗入馔逾天台③。

明珠百舸④载芡实,火齐千担装杨梅。

湘湖莼长涎正滑,秦望⑤蕨生拳未开⑥。

箭萌蛰藏待时雨⑦,桑蕈菌蠢惊春雷⑧。

稯⑨花蒸煮蘸醯酱,姜茁披剥腌糟醅⑩。

---

① 瑰(guī):玉石。

② 北苑:当时的名茶。

③ 天台:天台山,在浙江。

④ 舸(gě):大船。

⑤ 秦望:山名。

⑥ 拳未开:卷曲未开,指嫩。

⑦ 箭萌蛰藏待时雨:此句是说,箭竹的笋还在泥土里,等待一场及时雨,便可破土而出。萌,萌芽。蛰,蛰伏。

⑧ 桑蕈菌蠢惊春雷:这句是说,桑蕈已有了菌丝,一声春雷便可使它长成蕈。春雷,实际上也指要下雨。

⑨ 稯(zōng):同"棕"。

⑩ 姜茁披剥腌糟醅:此句指糟嫩姜。姜茁,姜芽。

细研罂粟具汤液①,湿裹②山蓣供炮煨。

老馋自觉笔力短,得一忘十真堪哈。

从今置之勿复道,一瓢陋巷师③颜回④。

【按】这首诗是公元1200年冬天所作。陆游越来越穷,连常用的银酒杯也卖掉了,有时只吃两餐,有了米没有柴,"始知天地有穷人",乡里食物虽好,他吃不起,在这种情况下,写了这首诗,也是想一口好菜吃一口饭的意思。这可称为"以诗佐餐"。

【译】

古时候称山阴为小蓬莱,

青山重重叠叠还环绕着楼台。

不仅人物出色有名多奇才;

珍奇地产处处栽。

茶叶压倒北苑,碾碎泡一杯;

药苗可以做菜,超过天台。

百船都是芡实,像明珠成堆;

名贵犹如火齐,这是千担杨梅。

---

① 细研罂粟具汤液:这句指的是罂粟米研碎后经过取乳、烧煮等过程后可以制成"罂乳鱼"。

② 湿裹:山药有黏液,可能指此。山药一般是煮、蒸,做汤或做泥,煨山药可能是农村的吃法。

③ 师:学习。

④ 颜回:孔子的得意弟子。他很穷,饮食艰苦,住在陋巷(破烂的小巷)。

湘湖长的莼菜，黏液滑过青苔；

秦望山生的野蕨，卷曲未开。

箭笋藏地下，及时雨一到就钻出土来；

桑蕈先有菌丝，一夜长成只等春雷。

蘸点醯酱，蒸煮的棕花欠咸；

姜芽披剥，盐腌又糟醅。

细研罂粟煮滚乳汁，真不凡；

湿裹山药，到吃时再炮煨。

难以尽写笔力短，尽管老馋；

真真好笑，记得一样忘了一堆。

从今放下心来不再谈，

安贫乐道学颜回。

卷四十七

对食戏咏

一饱欣逢岁小穰，时凭野饷①诳枯肠②。

橙黄出臼金齑美③，菰脆供盘玉片④香。

客送轮囷霜后蟹，僧分磊落社前⑤姜。

秋来幸是身强健，聊为佳时举一觞。

【按】这首诗是嘉泰元年辛酉（公元1201年）初秋所作。那年收成还好，陆游感到高兴，在做地方官时，收成的好坏虽也关心，但那是"忧民"。而现在，则是关系到自己的饥饱了，感受自然不一样。

【译】

幸而今年是小穰之年，能吃上一顿饱饭；

平常只能搞些野菜野味，骗骗枯肠。

石臼里捣好橙齑，色泽金黄；

木盘里是茭白片，雪白喷香。

客人送来肥满的螃蟹，正好经霜；

---

① 野饷：荒野中出产的食物，如野菜、野兔、野鸡及钓的野生鱼、芡实等。

② 诳（kuáng）枯肠：现在叫作骗骗肚皮。

③ 橙黄出臼金齑美：由此句可知金齑即橙齑，是捣烂的橙酱，味酸，用以调味。

④ 玉片：茭白片。

⑤ 社前：立春后五戊为春社，立秋后五戊为秋社，约在春分或秋分前后，这里指的是秋社，即"伏姜"，质量最好。

味正肉硬，和尚分来了社前姜。

立秋以来幸亏身体健康，

为这好的季节且举起酒觞。

卷四十八

自适

远游思里巷①,久困念耕桑。

家酿倾醇碧,园蔬摘矮黄②。

利名因醉远,日月为闲长③。

今岁虽中熟④,吾徒⑤亦小康。

(原注:小糟用绿豆曲矮黄,吴中菜名。)

【按】这首诗是公元1201年冬天所作。

【译】

出远门的人经常会想到家乡。

穷了很久会想起种田栽桑。

倒杯绿豆烧,是自家所酿;

园里摘青菜,是有名的矮脚黄。

因为喝醉,名和利远远已忘;

无事可做,日子过得好像很长。

今年的收成虽然平常。

我家也可称得是小康。

---

① 里巷:家乡,但范围较小,只指街坊。

② 矮黄:一种青菜,现在南京叫"矮脚黄"。

③ 日月为闲长:这里是说没有事做,日子好像过得慢。

④ 中熟:中等年景。

⑤ 吾徒:我们这类人。

卷五十一

对食戏作

香粳炊熟泰州红①，苣甲②莼丝放箸空。

不为休官须惜费，从来简俭作家风。

又

米如玉粒喜新春，菜出烟畦③旋摘供。

但使胸中无愧怍④，一餐美敌紫驼峰。

【按】这首诗是嘉泰二年壬戌（公元1202年）春末夏初所作。陆游致仕，按卿监当得"分司禄"，但要自己申请，他没有申请，就没有禄；不久前规定，赐致仕者粟帛羊酒，但绍兴府独不执行，他也没有去索讨。因而，全家生活就得靠务农了。生活虽苦，但他教育子孙要坚持简俭的家风，要问心无愧。

【译】

香粳米饭已煮熟，名叫泰州红。

莴苣叶子和莼菜，放下筷子碗已空。

不是因为休官以后钱不丰，

简朴节俭从来是我家家风。

---

① 泰州红：此香粳稻之名。

② 苣甲：莴苣叶子。

③ 烟畦：雾气蒙蒙的菜畦。

④ 愧怍（zuò）：惭愧。

又

米像玉粒，可喜是新舂；

菜真新鲜，刚才还在菜畦中。

只要毫无惭愧，坦然心胸；

蔬菜好比紫驼峰。

入都①

葵苋登盘酒可赊②，岂知扶病又离家。

朝行打岸涛头恶，夜宿垂天斗柄③斜。

不恨山林淹岁月④，但悲道路困风沙。

邻翁好为看耕陇⑤，行矣东归一笑哗⑥。

【按】陆游这时已到不能"讳穷"的地步，为了吃饭，

---

① 入都：韩侂胄为收买人心，于嘉泰二年二月放宽了"伪党之禁"，并力争陆游出仕。当时正值实录院检讨官韩党龚颐正身故，史事无人主持，孝宗、光宗两朝实录及三朝史都要继续搞。五月，召直华文阁（这是陆游致仕的官衔）陆游权同修国史、实录院同修撰。陆游看到韩侂胄在政治上有些开明措施，并准备北伐因而决定出仕。这首诗就是那年六月所作。为了照顾他年老，特许免上早朝，专主史事。

② 赊（shē）：欠账。

③ 斗柄：北斗七星组成一个酒勺形，斗柄，指这"勺"的把子。北斗七星一年四季在转动，夏天时指向南方，即"垂天斗柄斜"。

④ 不恨山林淹岁月：此句是说有多少年生活在山林中。淹，淹没。

⑤ 邻翁好为看耕陇：老年人没有体力，只在田边转转，驱赶要下田的畜禽；或看看农情，提出意见。此句是陆游对邻翁说的话，说你好好地看田吧，我不能同你在一起了。

⑥ 行矣东归一笑哗：此句是陆游对邻翁说的话，说我走了，等我回来时再同你谈谈笑笑吧。东归，指修史完成后再回乡。

弄得"四壁空",屋里没有什么值钱的东西了,而且还把衣服送去典当,"那计御霜风"了。所幸的是,还有一位知心的邻翁,两人在田野中走走,"一笑相从草莽中"。照说,奉召入都他应该很高兴,可以有相当高的官俸可拿,生活能大大改善了;然而,在这首诗中却完全看不到有一丝高兴,相反却是顾虑重重、忧心忡忡,还对邻翁说不久就要回来相聚。诗人看到的是"涛头恶"(政治风浪),望见的是"斗柄斜"(政治措施),担心的是"困风沙"(陷入政治旋涡)。当时有些反韩的朋友指责他投靠韩侂胄,这是一种偏见。

【译】

虽苦还能过,菜有葵苋酒可赊;
岂知朝旨下,只好抱病又离家。
白天行舟波涛恶,直打岸边;
晚上睡舟中,只见垂天斗柄斜。
不恨多年在乡种桑麻,
但悲道路难行困风沙。
邻翁啊,你好好当心地看田吧;
我走了,等我回来再同你说笑闲嗑吧。

卷五十三

初归杂咏①

……

八十可怜心尚孩,看山看水不知回。
软炊②香甑桃花饭③,浅酌清樽竹叶醅。
平地本知多陷阱④,群儿⑤随处觅梯媒⑥。
旷怀只待秋风起⑦,十丈蒲帆海上开。

……

【按】陆游在临安修史本来与人无争,韩侂胄对他也还尊重,但陆游总觉得不是味儿,老想回家,当《实录》完成后就立刻上书致仕了。陆游虽说年老,但既能修史就未必不能参与"庙算",为北伐出些主意。那么为何要放弃这样的机会呢?从此诗来看,当时陷害他的人不少,再待下去必

---

① 初归杂咏:陆游于次年癸亥(公元1203年)四月,修成孝宗、光宗实录,上章乞致仕纳禄(停薪),获准,提升一阶,授太中大夫(四品),仍在宝谟阁待制提举兴国宫。五月十四日离临安归山阴,这几首诗是初归时所作。

② 软炊:煮得烂些。

③ 桃花饭:桃花米是糙米,但这时陆游经济不困难,似无必要节约,且年已七十九岁,吃糙米也不消化,故应为红稻米饭。

④ 陷阱:陷兽坑,在这里是指害人的阴谋。

⑤ 群儿:这里作"这帮小人"解。

⑥ 觅梯媒:寻升官的阶梯,找发财的机会,现在叫作"寻后门,找关系"。

⑦ 旷怀只待秋风起:这句用张翰因秋风起而思归故乡之典。

将落入陷阱,而他对这帮小人也实在看不惯。从自比张翰来看,说明他已预感到政局将有激烈变动,犯不着去做韩侂胄的殉葬品,甚至等不到秋天就急忙扬帆而归了。陆游的见识是高的,后来的事实证明了这一点。

【译】

快到八十,可怜玩心还像小孩;
看山看水,兴味无穷不想回家。
喷香的锅中在软软地煮桃花饭,
举起清樽稍稍喝一点竹叶醅。
平地上本知道陷阱多得成灾,
这帮小人到处寻后门找关系要升官发财。
胸怀旷达只等那秋风吹来,
挂起十丈蒲帆在海上破浪而开。

卷五十六

邻曲

浊酒聚邻曲，偶来非宿期①。

拭盘堆连展，洗釜煮黎祁。

乌牸②将新犊，青桑长嫩枝。

丰年多乐事，相劝且伸眉③。

（原注：①淮人以名麦饵④。②蜀人以名豆腐。）

【按】这首诗是癸亥（公元1203年）岁暮所作，写的是邻里相聚之乐。

【译】

邻居们聚在一起，浊酒一杯。

事先没有约好，偶然走来。

盘子揩干净，麦饼一大堆。

洗锅煮豆腐，捧上方台桌。

黑母牛带着小牛，如同带领小孩。

新栽的桑树，长出了条条嫩枝。

丰年乐事多哉，

互相劝慰且把心开。

---

① 宿期：事先约定。

② 牸（zì）：母牛。

③ 伸眉：舒展眉头，即开心。

④ 麦饼：麦饼，是小麦浸泡后连水磨成麦糊（不去麦麸）。然后做成饼，贴锅上烧烤即成，很香，但不好消化。

卷五十七

初夏

白白餈①筒美，青青米果②新。

衰迟③重④时节⑤，薄少⑥遍乡邻。

梅市花成幄⑦，兰亭草作茵。

极知欢意尽⑧，强起伴游人。

（原注：蜀人名粽为"餈筒"。吴中名粔籹为"米果"。）

【按】这首诗是嘉泰四年甲子（公元1204年）所作，陆游已经八十岁了。陆游虽然做过较高级的官，这时又封为"山阴县开国子"，但他一点也没有官架子，同邻里相处得很好。

【译】

粽子雪雪白，

团子碧碧青。

---

① 餈（cí）：同"糍"，糯米食品。

② 青青米果：疑是青团子，用青色叶汁和入米粉所做。由此可见，粔籹即青团子，是用糯米粉所做，而非用面粉。

③ 衰迟：指自己已衰老迟钝。

④ 重：看重。

⑤ 时节：这时应为端阳节。

⑥ 薄少：陆游把粽子和青团遍送乡邻，非珍贵之物故称"薄"，数量不多故称"少"。

⑦ 幄（wò）：帐幕。

⑧ 极知欢意尽：这句是说没有什么兴趣。

人到衰老重节令,
物薄量又少,遍送各乡邻。
梅市煮花花如幕,
兰亭野草草似茵。
很知自己欢乐意兴早已尽,
还要勉强起来伴游人。

卷五十九

菜羹

青菘绿韭古嘉蔬,莼丝菰白名三吴①。

台心②短黄③奉天厨④,熊蹯⑤驼峰美不如。

老农手自辟幽圃,土如膏肪水如乳。

供家赖此不外取,袯襫⑥宁辞走烟雨。

鸡豚下箸不可常,况复妄想太官羊。

地炉篝火⑦煮菜香,舌端未享鼻先尝。

【按】这首诗是公元1204年十月所作。陆游赞美蔬菜的好处:一是味美;二是自己劳动的收获;三是节省开支;四是不能天天吃肉食,看来他是有道理的。

【译】

青菘和绿韭,都是古来好蔬菜;

莼菜和茭白,名闻三吴人人爱。

台心和短黄,御厨八珍要它配;

---

① 三吴:说法不一,大体上包括今江苏南部到浙江北部一带,包括陆游的家乡山阴在内。

② 台心:青菜名。

③ 短黄:矮脚黄。

④ 奉天厨:供应御厨房。奉,供奉。

⑤ 熊蹯:熊掌。

⑥ 袯(bó)襫(shì):蓑衣,古时用草做的雨衣。

⑦ 篝火:空地上燃起的火堆。

熊掌和驼峰，在我看来不如菜。
老农自己开荒种菜地，
水像牛奶土像脂肪肥。
家里副食都靠它，
冒着风雨劳动穿蓑衣。
吃鸡吃肉不可常，
何况妄想太官羊。
地炉篝火煮菜真真香，
舌头未尝鼻子先尝。

卷六十

与村邻聚饮

冬日乡间集，珍烹得遍尝。

蟹供牢九美，鱼煮脍残①香。

鸡跖②宜菰白，豚肩③杂韭黄。

一欢君勿惜，丰歉岁何常。

（原注：闻人懋德④言，《饼赋》⑤中所谓牢九，今包子⑥是。）

① 脍残：鲙残。传说吴王食鲙，吃剩的弃在江中，化为鱼，名鲙残鱼。鲙残鱼，即面长鱼，似银鱼而略大。笔者认为凡小型鱼如川条鱼、鳑皮鱼、银鱼都可称为鲙残鱼，此句所说就是如此。

② 鸡跖（zhí）：鸡脚。鸡脚没有什么肉，这句是指茭白鸡脚汤。

③ 豚肩：蹄髈。韭黄只能炒，应是韭黄炒肉丝。但蹄髈切做肉丝似乎不妥，也许陆游喜欢这样的吃法。

④ 闻人懋（mào）德：闻人，是姓。懋德，是名。

⑤ 《饼赋》：晋束皙所作，其中有："春馒头，夏薄持，秋起溲，冬汤饼；四时皆宜，惟牢丸乎！"唐段成式《酉阳杂俎》有"笼上牢丸""汤中牢丸"的说法。牢丸即肉丸子，"笼上牢丸"即"清蒸肉圆"，"汤中牢丸"即"肉圆汤"。牢，有"太牢"（牛）和"少牢"（羊），"太牢"也指牛、羊、猪。

⑥ 包子：这里是把"牢九"解释成了包子。实际上是不通的，因包子不能放在汤中。苏州有"汤包"，还是蒸的而不是下在汤里煮的，取名汤包是因为咬开来有一包肉汤，且另供应蛋丝汤一碗。但是，到宋朝时，"牢丸"却说成"牢九"，苏轼就有"岂惟牢九荐古味，要使真一流仙浆"之句，陆游说是牢九，这里只能按陆游的自注来解释，所谓"蟹供牢九美"就是蟹肉（或蟹黄）包子。

又

交好贫尤笃①,乡情老更亲。

鲊②香红糁③熟,炙④美绿椒新。

俗似山川古,人如酒醴⑤醇。

一杯相属⑥罢,吾亦爱吾邻。

【按】这首是公元1204年十一月间所作,对乡邻之间的交好写得很感人,并提供了当时的菜肴情况。

【译】

冬天乡邻聚会在村庄,

各样珍美菜肴得遍尝:

包子鲜美馅里有蟹黄;

莫看鱼小倒也煮得香;

茭白最配鸡脚汤;

炒韭黄加上大蹄髈。

不要可惜吃得欢来吃得狂,

丰收年景不经常。

---

① 笃(dǔ):忠实。

② 鲊(zhǎ):鲊,用盐和红曲腌的鱼。

③ 红糁:红曲。

④ 炙:这里指烤肉。

⑤ 醴(lǐ):甜酒。

⑥ 一杯相属:一杯接一杯。属,连。

又

交情越穷越是真,
乡邻到老更加亲。
鲊香只因红曲春,
烤肉肥美还有绿椒新。
风俗古老就像山丘与河津,
人情率真就像甜酒一般醇。
大家一杯一杯喝几巡,
我也非常热爱众乡邻。

卷六十三

对酒

素月①度银汉②,红螺③斟玉醪。

染丹④梨半颊,斫雪⑤蟹双螯。

诗就吟逾苦,杯残兴尚豪。

闲愁⑥剪不断,剩欲借并刀⑦。

又

密筱持苫屋⑧,寒芦用织帘⑨。

彘肩⑩柴熟罨⑪,莼菜豉初添。

黄甲如盘大,红丁似蜜甜。

街头桑叶落,相唤指青帘⑫。

---

① 素月:清澈的月亮,指没有云遮的月亮。

② 银汉:指银河。

③ 红螺:指酒杯。

④ 染丹:带上红色。指梨子半边红。

⑤ 斫雪:打开(螯)即见雪白蟹肉。斫,砍。

⑥ 闲愁:投闲之愁。

⑦ 并刀:并州(在山西)的剪刀最锋利。

⑧ 密筱持苫屋:这句是说,用细竹子做墙,用草帘子做屋顶,极言其屋之陋。筱(xiǎo),细竹子。持,撑持。苫(shān),草帘子。

⑨ 寒芦用织帘:这句是说,用芦柴编成门帘。

⑩ 彘肩:蹄髈,今指肘子。

⑪ 罨(yǎn):掩盖。这里指文火慢煮。

⑫ 青帘:指酒店。因古时酒店挂青帘。

（原注：东坡煮猪肉诀云：净洗锅，少着水，柴头罨烟焰不起。）

【按】这首诗是开禧元年乙丑（公元1205年）秋天所作，时年陆游八十一岁。诗人以酒烧愁，但闲愁却剪而不断。是什么愁呢？原来韩侂胄正准备伐金，陆游年老无法请缨，投闲置散，愁思难遣。怎么办呢？还是同乡亲们喝杯酒吧。写的是无可奈何的心情，酒菜等不过是一种陪衬。

【译】

清澈的月亮度过银河滔滔；

红螺杯倒进了美酒如玉醪。

梨子半边红得如仙桃；

雪白的蟹肉藏于两只大螯内。

作成了诗越吟越煎熬；

酒快喝完兴致还是很高。

投闲之愁屡剪不断真连得牢，

只差没有去借一把并州快剪刀。

又

细竹做墙草盖顶，无橡；

芦柴编织当门帘，可怜。

蹄髈要用文火煮，无烟。

莼菜要把豆豉添，真鲜。

海蟹竟如木盘大，留边。

海蛤犹似蜜样甜,垂涎。
街头桑叶已经落,秋天。
互相招唤指青帘,酒仙。

卷六十五

晨起

老境真无事,深居每畏人。

喔咿①鸡失旦②,娅姹③鸟鸣春。

过担饧餭白④,擎盘粔籹新。

出门还可喜,一笑语比邻。

【按】 这首诗是开禧二年丙寅(公元1206年)春所作,陆游时年八十二岁。老年人怕人打扰,却又睡不着,早上起身很早,怪公鸡啼迟了,小鸟叽叽喳喳飞出林子去觅食。天色大亮,儿孙们下田去了,独自在家又嫌寂寞,走出门外。看看路上有挑担子的、托盘子的小贩经过,早市过去了,实在闲得慌,同隔壁的老头子说笑几句。诗很平淡,也很平实。

【译】

人到老年,一无所事;深居简出,常怕人至。

鸡啼喔事,似乎已迟;鸟啼娅姹,春光明媚。

挑担经过,饧餭雪白;盘上托的,粔籹新炙。

还很高兴,走出住宅,一笑相亲,隔壁乡邻。

---

① 喔咿:鸡啼声。

② 鸡失旦:公鸡啼得迟了,其实是陆游起得早了。

③ 娅姹:鸟鸣声。

④ 饧餭白:从"白"字来看,饧餭应是麦芽糖,小贩挑担串村,卖给小孩吃。

卷六十七

素饭

放翁年来不肉食,盘箸未免犹豪奢。

松桂软炊玉粒饭,醯酱自调银色茄①。

时招林下②二三子③,气压城中千百家。

缓步横摩五经笥④,风炉更试茶山茶。

(原注:曾乐道近馈茶山茶⑤。)

【按】这首诗作于公元1206年夏,那时伐金战争已经开始,陆游年老,只能"却看长剑空三叹"了。即使这样,陆游还在乡下同几个朋友谈论一番,虽老而气概犹在。"城中千百家",不是指百姓,而是指管辖百姓的那些官员。

【译】

近年以来,我荤菜不进嘴巴。

虽然如此,饮食还很豪奢。

松柴煮饭,雪白软烂堪夸;

---

① 醯酱自调银色茄:这句是说,茄子在饭锅上蒸熟,切成块,加些酱即可当菜吃,这是农村省柴省油的办法。

② 林下:归隐的。

③ 二三子:两三位朋友。

④ 五经笥(sì):这里指陆游的肚子,他的肚子里装了很多书,即有学问的人。五经,古代的五种必读书——《易》《书》《诗》《春秋》《礼》。笥,即竹箱。

⑤ 曾乐道近馈茶山茶:陆游有一位影响很大的老师曾几,因曾隐居上饶城北茶山寺,故号茶山居士。茶山茶,应即江西茶。曾乐道大概是曾茶山的后人。

自把醯酱,调和蒸煮的银茄。

两三朋友,常常请来我家,

豪气如虹,压倒管辖百姓的官衙。

饭后散步,摸摸肚皮饱如虾蟆;

煽旺风炉,再试试茶山的茶。

卷六十九

食野味包子，戏作

珍馐贫居少，寒云万里宽。

叠双①初中鹄②，牢九已登盘。

放箸摩便腹，呼童破小团③。

犹胜瀼西老④，菜把仰园官⑤。

【按】这首诗作于公元1206年冬。镜湖多芦苇，天鹅飞来落脚，但打天鹅颇不容易，这种事大概是陆游的孙子们所干。由此可见，陆游的孙子们确已是合格的农民了。

【译】

因为穷，想吃山珍难又难；天很冷，寒云弥漫万里宽。

天鹅两只，初次打到凭铁丸；野味包子，忽然已经登上盘。

放下筷子，摸摸肚皮好一顿饱餐；喊来儿童，你们都来吃小团。

虽然穷，要比杜甫多些欢；不像他，吃菜只好望园官。

---

① 叠双：一箭射中两只，这里仅指两只天鹅。

② 鹄（hú）：天鹅。

③ 小团：这里指野味包子。陆游先吃过，再叫小孩来吃，这是古时对老人的尊敬。

④ 瀼西老：杜甫住过夔州瀼西，故代指杜甫。

⑤ 园官：主管菜园的小官。夔州都督柏茂琳常命人送蔬菜给杜甫。

卷七十

禹祠

祠宇嵯峨接宝坊①,扁舟又系画桥傍。

豉添满箸莼丝紫,蜜渍②堆盘粉饵③香。

团扇卖时春渐晚,夹衣换后日初长④。

故人零落今何在⑤,空吊颓垣墨数行⑥。

【按】这首诗是开禧三年丁卯(公元1207年)春所作,那年正月,"逝封谓南县开国伯",也不过是个虚名。山阴城南的禹迹寺及附近的沈园是影响陆游一生的地方,有机会就要去看看,往事历历,能不生"人面何处、桃花依旧"之感叹吗?

【译】

祠宇高大,连接着石牌坊;

今天经过,小船又停在画桥旁。

满筷豆豉,染紫了莼菜汤;

---

① 宝坊:石牌坊。

② 蜜渍:现称蜜饯。

③ 粉饵:米粉做的糕糊之类食品。

④ 日初长:指春分以后到夏至,这里从人的感觉而言。

⑤ 故人零落今何在:曾茶山寓居禹迹寺,陆游十八岁时曾向他学诗,当时必然有不少同学,这些人或死或离,都不在禹祠了。

⑥ 空吊颓垣墨数行:禹迹寺附近有一座沈园,陆游曾在墙上题了著名的《钗头凤》,唐婉早已死去,而墨迹犹存,陆游经过此处,必去凭吊。

蜜渍堆盘,还有那粉饵香。
快卖团扇,春天过得匆忙;
已换夹衣,白昼初觉很长。
故人零落,如今都在何方?
空自凭吊,破墙上的墨迹数行。

卷七十二

山庖

新春摆桠①滑如珠②,旋压犁祁③软胜酥。

更剪药苗④挑野菜,山家不必远庖厨⑤。

【按】这首诗作于公元1207年初秋,诗人甘于素食,也许这与他的长寿有关。

【译】

新春好的大米滑得像珠;

刚压成的豆腐干软得胜过酥。

再剪药苗挑野菜不把畜禽屠;

山野之人不必远离庖厨。

---

① 摆桠:本来是稻被风吹动的摇曳之态,后来作"稻"解。

② 滑如珠:指米舂得精。

③ 压犁祁:犁祁是豆腐,把豆腐再压就成豆腐干,从"软胜酥"来看,是属于做菜用的白豆腐干,而不是酱油色的香豆腐干。

④ 药苗:指"防风苗"。

⑤ 远庖厨:远离庖厨。是因为杀猎宰鸡,听见叫声后吃不下,现在厨中只有素菜,当然不必"远庖厨"了。"君子远庖厨",语出《孟子》。

卷七十四

食荠糁甚美,盖蜀人所谓"东坡羹"也

荠糁①芳甘妙绝伦,啜来恍若在峨岷。

莼羹下豉知难敌,牛乳抨酥亦未珍。

异味颇思修②净供③,秘方常惜授厨人。

午窗自抚膨脝腹,好住烟村④莫厌贫。

【按】这首诗作于公元1207年冬,陆游把荠菜粥说得人间少有,这是思蜀之情在起作用。

【译】

荠菜粥又香又甜,其妙绝伦;

吃上去就好像还在四川峨岷。

下了豉的莼羹难以比并,

牛奶弄成酥也算不上珍。

吃这异味很想到素斋供神,

秘方往往不肯传授给厨人。

窗前摸摸肚皮有点膨脝,

好好住在烟村不要怨恨太贫。

---

① 荠糁:荠菜粥。

② 修:整治。

③ 净供:素斋。

④ 烟村:水边的村庄。

卷七十六

纵笔

百尺松根结茯苓，千年长养似人形①。

谁知金鼎烹初熟，恰值山翁醉欲醒。

【按】丁卯年一月，史弥远谋杀韩侂胄以求和，陆游因支持韩侂胄北伐而受到打击。次年二月，半俸不敢再请，"俸券新同废纸收""年来残俸绝，所望在一熟"，生活是更困难了。这首诗是那年夏天所写，题名"纵笔"，是随笔所至的意思，第一首有"骑鹤翩翩过月傍"之句，已经点明是幻想，实际上没有吃茯苓这回事。

【译】

百尺老松，根上结了茯苓；

千年茯苓，长得好似人形。

谁知刚才煮熟，盛在金鼎；

恰恰碰着山翁酒醉将醒。

---

① 千年长养似人形：茯苓长了千年便似人形，吃了可以成仙等语，是道士们的胡说。

卷七十八

仲秋书事

秋风社散日平西，余胙①残壶手自提。

赐食敢思烹细项，家庖仍禁擘②团脐。

（原注：昔为仪曹郎兼领膳部③，每蒙赐食，与王公略等④，食品中有羊细项⑤，甚珍。予近以恶杀⑥，不食蟹。）

【按】这首诗是戊辰（公元1208年）秋所作。孔子的弟子子路被斩成肉酱，孔子得到噩耗时把一碗肉酱倒掉，不忍再吃。陆游不敢想羊细项和不许杀生，恐怕与韩侂胄被杀并且"头颅行万里"把头送到金国去一事不无关系。因为韩固然弄权，但至少他发动了伐金之战，与投降派是根本不同的，伐金本来难保必胜，兵虽败但未大损，打下去未必不能转败为胜，却被阴谋暗杀，投降派还做出这种"函首道金"有损国格的事来，陆游当然是愤恨不平的。当时那些拍手称快并连带攻击的人是不顾大体从私怨出发的。

---

① 余胙（zuò）：秋社祭祀剩余所分之肉。

② 擘（bāi）：用手分开，指把蟹盖瓣开。

③ 兼领膳部：淳熙十六年己酉（公元1189年）四月，陆游以礼部郎兼膳部检察，掌进供酒膳和赐公卿酒食，时年六十五岁。

④ 略等：大体相等。

⑤ 羊细项：羊的颈肉。

⑥ 恶（wù）杀：痛恨杀生。

【译】

秋风中,秋社散,太阳平西。

祭余肉,残壶酒,自己来提。

曾赐食,羊细项,不敢再提。

家庖内,仍不许,去擘团脐。

卷八十二

埭西小聚

瓦盎盛蚕蛹①，沙锅煮麦人②。

三家小聚落，两姓世婚姻。

父老衣冠古③，闾阎风俗淳。

不应陶靖节④，独号葛天民⑤。

【按】这首五律作于南宋宁宗赵扩嘉定二年己巳（公元1209年）夏，陆游八十五岁，这年年底，他就与世长辞了。埭西交通不便，地方荒凉，人烟稀少，陆游闲来无事去访问了那里。用的是"瓦盎""沙锅"，吃的是"蚕蛹""麦人"，这是讲埭西的穷。"三家"是说地僻人稀。"两姓"是说不与外界往来和落后。"衣冠古"是故步自封。"风俗淳"是没有尔虞我诈，虽是一种好的社会风气，但那是植根于生产力低下的基础上的，不是自觉的认识。这是一个落后贫穷的小社会，陆游为什么要加以赞扬呢？问题在于引出"葛天民"来。陶渊明

---

① 蚕蛹：可炒，可煮，可腌。炒吃最好，营养丰富，有一股清香。
② 麦人：麦仁，去了壳的麦子。
③ 衣冠古：穿戴不与现在相同，是老式的。
④ 陶靖节：陶渊明，世称靖节先生。
⑤ 葛天民：葛天氏之民。葛天氏是传说中的上古之帝，其实是原始社会的部落领袖。葛天氏的百姓没有官吏管辖（其实是没有政府），耕织自给，生活贫困，不交税，相互之间也没有什么往来，自得其乐。陶潜在《五柳先生传》中自称是葛天氏之民。

自号葛天氏之民是含有不做刘宋之民的意思，因为他是东晋遗民。陆游赞扬葛天民是含有不做投降派统治下的百姓的意思，既然抗金政府不可得，还不如做个化外之民。这是一种无可奈何而采取的不与朝廷合作的思想。

【译】

瓦盆里盛着蚕蛹，

砂锅里煮着麦仁。

这里是只有三户人家的小聚落，

一共只有两个姓世世结为婚姻。

父老的衣服帽子都是古代式样，

邻里之间往来的风俗十分淳朴。

不应该只有靖节先生陶渊明，

独启号称是葛天氏之民。

种菜

菜把青青间药苗，豉香盐白自烹调。

须臾彻案①呼茶碗，盘箸何曾觉寂寥②。

又

老农饭粟出躬耕，扪腹何殊享大烹。

吴地四时常足菜，一番过后一番生，

---

① 彻案：把桌上的菜碗饭碗等撤除。

② 盘箸何曾觉寂寥：这句是说，接着又放上茶碗，好像一道道地上菜，所以说不觉得寂寞。这是自宽的话。

又

白苣黄瓜上市稀,盘中顿觉有光辉①。

时清闾里俱安业,殊胜周人咏采薇②。

又

引水何妨蓺③芥菘,圃功自古补三农④。

恨君不见岷山芋,藏蓄犹堪过岁凶。

【按】这几首诗是公元1209年夏天所作。陆游强调种菜的重要性,一是可以代替荤食,二是逢到老年可以"瓜菜代"。陆游认为农民虽苦但能安居乐业总比戍边的好,他不是反对戍边,而是退而求其次,既然朝廷输币求和,那就让人民安心农事,不要再骚扰他们。

【译】

菜把青青,间种着药苗。

豆豉香,吴盐白,自己烹调。

很快把碗筷撤下,喊碗茶来把食消。

上上下下一道道,不觉得寂寞。

---

① 白苣黄瓜上市稀,盘中顿觉有光辉:这两句是说,白苣、黄瓜是刚上市的时鲜菜,因此觉得"有光辉"了。

② 周人咏采薇:《诗经·小雅》有"采薇"之诗,是戍边战士所作,大体上说,年底快到了,我们远离家乡,既不能回去团聚,又无法通信,跟着将军进行战斗。

③ 蓺(yì):种植的意思。

④ 三农:指平地农、山农、泽农,也即农业、狩猎业、渔业,泛指一切农林牧副渔的生产。

又

老农吃饱饭出去躬耕,
摸摸肚皮好像吃了一桌大烹。
吴地蔬菜多,四季经常变更;
一茬菜过后一茬菜又出生。

又

白苣和黄瓜市场上还很稀少,
端上盘来顿觉很有光辉。
时世清平乡村安居乐业别的不提,
总算胜过西周的兵士在唱《采薇》。

又

引水灌溉何妨种些芥和菘。
种菜园子自古可以补充三农。
岷山都种芋头恨你不曾相逢,
收藏芋头还可以度过荒年寒冬。

卷八十四

病中遣怀

人生长短无百岁，八十五年行九分①。

堪笑痴翁作黠②计，欲将绳子系浮云③。

又

放生④何足为爱物，施药因行聊结缘⑤。

山舍老翁无事业，只将闲事占流年⑥。

又

鲜肥莫事肤寸舌⑦，萧散何辜七尺躯？

山路岂无孤店宿，渡头亦有小舟呼⑧。

---

① 行九分：快要十分之九了。陆游写此诗时已是八十五岁，快九十岁了，所以这样说。

② 黠（xiá）：聪明而狡猾。

③ 系浮云：古人常说"浮云蔽白日"，指的是小人蒙蔽皇帝。系住浮云则不能蔽白日。陆游是说，自己一生一直在同小人作斗争，现已八十五岁，斗争未能胜利，很可笑。这是自嘲。

④ 放生：买了活的动物（鸟、鱼、兽）在野外放掉它，迷信者认为这是"行善积德"，可以在今生或来生得到好报。陆翁认为这是私念，并不是爱物。

⑤ 施药因行聊结缘：陆游出行常带些药在身边，遇到贫病者就送给他们，他说这是为了结识一些乡亲。

⑥ 占流年：旧时人遇婚嫁、出行、动土、沐浴等事预卜吉凶，选择吉日。流年，岁月如流，故称流年。旧时又常以指一年的吉凶。

⑦ 莫事肤寸舌：不要为几寸长的舌头而忙。肤寸，"侧手为肤，按指为寸"，即一指宽、四指长的一小块。并非确切长度单位。

⑧ 山路岂无孤店宿，渡头亦有小舟呼：这两句是说，"天无绝人之路"，即没有过不去的事。这里是说，没有鲜肥之食照样可以过日子。

又

家贫不与身添业,病久宁非天儆予①?
扫尽世间闲忿欲,小园烟雨种春蔬。

又

菘芥煮羹甘胜蜜,稻粱炊饭滑如珠。
上方②香积③宁过此?惭愧天公养病夫。

又

开皱④紫栗如拳大,带叶黄柑染袖香。
天与山家讲邻好,江天昨夜有新霜⑤。

【按】这一组七绝作于嘉定二年己巳(公元1209年)九月,陆游时年八十五岁,这年年底他就逝世了。这一年,陆游的身体很不好,整个秋天都在病中,一病半年,直到临终。这几首诗可以说是陆游饮食诗的绝笔,因为此后虽也提到一些,但专写饮食的组诗是没有了。

正像大多数艺术家所走过的道路一样,陆游的饮食诗也是从简朴走向绚丽,从绚丽又归于平淡的;他的饮食观则是

---

① 家贫不与身添业,病久宁非无儆予:前句是说,因为家贫,就不杀生,不给自己增加"宿业"(种下来生爱恶极的冤孽)了。后句是说,长久生病不能吃荤,是老天警戒我不要再杀生了。

② 上方:天上。

③ 香积:香积厨,即寺庙中的厨房。

④ 皱:物体上的褶纹。这里指栗子壳,因壳上有刺,高低不平。

⑤ 新霜:有霜则秋深,秋天是收获的季节,各种作物都收获了,所以说,这是老天同人们讲做邻居的交情,送给人们以丰富的农产品。

从适口到讲究，又从讲究到养身的。虽然经济条件的变化、年龄的变化也是重要的原因，但最基本的还是观点的变化。

陆游虽然吃过不少美味佳肴，但就是在这样的情况下也还是喜欢吃蔬菜，特别是野菜，闲居在乡当然更不必说。陆游喜欢喝酒，名酒、市酒、家酿都喝，因而经常病酒，有时不得不戒饮。虽说他并非像李白那样死于酒，但无疑对他的健康是不利的。陆游也嗜茶，名茶喝过很多，他对茶的评价比酒高，这是对的。陆游对于水果也十分爱好，甚至种了多种果树，水果当然是有益的食品。陆游对于荤菜并无南北的偏爱，鱼鲜羊肥他都爱，还很喜欢吃野味，并增强了他的体质。陆游还有行食的习惯，饱食之后一定要散散步，抚摸肚子，以助消化。

【译】

人生活到百岁还没有听闻，
我活了八十五年将要九分。
好笑痴翁的打算调皮出群，
要想拿绳子去拴住浮云。

又

放生不能算对动物的爱怜，
施药是结识乡亲们的交好之缘。
村舍老翁没有事业没有权，
只因一些闲事来占卜流年。

又

不要为几寸舌头去忙些鲜美肥腴，
萧散无事又何尝辜负了七尺之躯。
山路荒凉难道没有孤店要宿路隅？
渡头冷僻也有岸边的小舟呼。

又

不添宿业是因为家贫不宰猪和鱼，
病得很久难道不是老天警戒我快止屠。
世间的无谓愤恨欲望要彻底扫除，
心安理得在小园里顶风冒雨种春蔬。

又

菘芥煮汤甜得赛过蜜一般酥，
稻粱烧饭滑得就像颗颗珍珠。
怎能超过哪怕是天上的香积厨。
深感惭愧老天爷养我这病夫。

又

裂开壳的紫栗大得像拳头真异常，
带叶的黄柑在袖子上也留下清香。
老天讲邻居交好千万别把农民忘，
万物成熟江天已在昨夜降下新霜。